帶詩蹺課去

徐望雲著

三民叢刊 38

三民書局印行

詩人總動員——序

徐望雲

一定有很多讀者與我一樣，第一次接觸自由詩，是從國中課本選錄的幾首——像余光中的〈鵝鑾鼻〉、楊喚的〈夏夜〉、羅青的〈水稻之歌〉……開始的，然而，年少的時候，哪裏懂得什麼繁複的技巧、豐饒的意象、純美的意境與乎深邃的內涵，師長們即使願意，也未必會有時間告訴我們這些——眞正的詩本質；一切教育的重點就是不斷的大考小考……聯考，然後，頂着一日比一日更虛無的腦袋踏上升學與文憑的不歸路。除了在求職的學歷欄上堆積着意義不大的學校名字之外，我們在內心最幽微的深處是否也逐漸失去了眞摯與單純無邪的情感?!

那麼，對於自由詩，我們所能夠知道的，大概也僅止於：它不需要每一句的字數都一樣，不需要押韻，不需要平平仄仄仄平平，甚至，還可以像寫作文（散文）那般來寫詩！我們從來沒有太多機會去認識那眞正適合二十世紀現代人寫的自由詩，當然，也就越不在意如何用最美的中國文字來表達自己的情感，這對於我們因升學主義與文憑主義的畸型發展而直接間接導致拜金主義與工商業掛帥的社會，是好是壞，沒有人能說出一個所以然。

要等到我唸大學，開始接觸許多文學理論並把詩當做專研的一個主題時，才瞭解到，原來自由詩的學問並不如我年少時所想的那麼簡單，然而，一般人（尤其是學生）未必有這個閒工夫去讀艱澀的文學理論或詩學理論，因此「初步」的、簡易的詩學觀念的提出便有必要，但，對於想要多知道一點自由詩的，嚴肅的評（理）論文字仍是不可免。

於是，一本由淺入深，可以慢慢引導讀者從觀望、狐疑、嘗試到踏進自由詩美麗堂奧的「詩學初步」，長久以來，便成爲我——做爲一個愛詩者——的期盼了。

當然，我的意思並不是說，沒有任何一本「導讀性」的書可參考，之前，張漢良、蕭蕭、文曉村、林明德老師與李豐楙諸位先生都曾做過這方面的努力，而且也有相當好的成果。但是，我們仍然不諱言，這些「導讀」（或稱「入門」）的書籍，要不充斥着一般讀者不太熟稔的文學術語，要不就是偏重於只告訴讀者（導讀者觀念中的）詩的文字意義（如同教科書）。事實上，對於一個初學寫詩者，這些入門書雖不能說不重要，但也是不夠的。

重要的是，在接收了這些「入門」訊息之後，如何建立起一套新的、也是完全屬於自己的詩觀來，同時，還要確立對詩的準確無偏差的理念，然後用自己心目中慢慢成形的這套觀

念去進行詩創作或詩的解讀。

我一直想要在這本書中暗示讀者的，大約也是這些。自由詩這四十年（若從「五四」算起就有七十多年了）的發展，迄今仍問題重重，我將我的疑問提出來，希望有心於自由詩創作或研究工作的讀者能與我一齊思考。

編排方式，也由淺入深（完全以我長久以來的想望為藍本）。筆記部分，嬉笑怒罵都有，並且，我也儘可能避開術語的使用（有些例外，如討論胡塞爾現象學的一則），好讓讀者以輕鬆的心情閱讀；慢慢地，翻開報告的部分，論題便稍稍嚴謹了；到了兩篇論文，一篇深談詩裏頭的動作表現，另一篇等於是自由詩（在臺灣）四十年的簡史。這樣的安排，乃特意暗合學校課業的學習歷程，除了讓讀者讀來有親切感外，也能夠眞正由淺入深地認識詩。

附錄裏，一篇是拙譯〈三種文學理論淺析〉，談的不只是詩，而是文學泛論，有助於讀者對文學的概觀；另一篇是「文壇怪現狀」的諷刺小說，內容難免多所誇張，博君一粲而已。

曾聽一位朋友說：「詩人在歷史上是神聖的，但詩人住在隔壁就是一個大笑話。」這句話很毒，但，當我們回首自由詩的發展歷程時，似乎也沒有什麼理由說不是這樣，否則我們也不會老是聽到這麼酸溜溜的話：「一塊招牌砸下來，壓倒十個路人，總會有九個是詩人！」……

二十世紀的詩人的確頗尷尬，是什麼造成的呢？

怎麼樣能夠讓詩的教育傳播得更遠、更廣？

我想，這本書至少爲讀者提供了幾個全新的命題與思考方向。

目次

一、筆記

筆　記

1

我在〈詩的動作與表現〉(注)一文中提到過元稹的〈行宮〉這首詩：

寥落古行宮，宮花寂寞紅；
白頭宮女在，閒坐說玄宗。

說這「短短二十字的小詩竟勝過長篇的敍事詩」，因爲明皇的傳奇故事，是在「說」這個關鍵動作的引導之下所展現出來。老宮女「說」了些什麼？詩本身並沒有提到，可是，隨著詩的流動，這家喻戶曉的故事便自然而然地在讀者思維的舞臺上搬演了出來，又因「宮」

音近於「空」，更呈現了詩中彌漫的一股蒼涼感，因此，它雖沒有敍事詩的架構格局，卻着實有大型敍事詩的深度與內涵。

現在面臨到一個問題，如果有讀者他不曾讀過唐明皇楊貴妃的故（軼）事，他完全不懂，那麼，當他閱讀這首詩的時候，是不是也能生發出同樣的感受與感動呢？閱讀（詮釋）結果的確立是否有必要跟既有的知（學）識相互啟發甚至相輔相成？我想說的是：語言的成規訓練對於讀者或評論家而言都應該受到相當程度的重視。

注：拙文請參見《創世紀》六十五期，頁二一五，七十三年十月出版。

2

我們可以視題目（標題）本身爲一種導讀的「引子」；但有時，太拘泥於題目反而會束縛了讀者的馳思與聯想的展開。事實上，題目又不可能完全獨立於作品之外。那麼，親愛的讀者，我們不妨拓出更多的欣賞途徑。

鍾順文的〈山〉（注）只有三行：

憨直的傻小子

幾度落髮
幾度還俗

我建議先不要把內容看成是在寫「山」，光是看那傻小子的落髮，與還俗（又落髮，又還俗，又落髮……）的過程就饒富趣味了；若此刻再回溯至題目「山」，與季節流變的意象相扣合就會顯得更加剔透鮮明。

這裏我並無暗示題目的先驗性或後設性的意思；主要在認為我們的閱讀習慣偶而可以暫時卸下題目的包袱，休息休息一會兒！

注：詩見鍾順文詩集《六點三十六分》，頁三九，七十年十月，德華出版。

3

粗話帶進詩裏邊不見得就是不道德，沒有必要。得視其在詩中的地位而定。如果作者的情感能因之而得以在詩中適切地呈現或爆發出來，那麼，粗話在詩裏頭的運用是無須特意排斥的。（管管不就是此道的高手？）

《掌門詩刊》第十六期刊了林承謨的〈轉去皇幹〉，這四字（臺灣話）主題在詩的最後出現，前面用了六十三行來鋪陳一個小型的「文學會議」，六十三行的篇幅雖冗長而確有其必要，因爲這實是產生最後那四個字的因，四字在此時的出現更彰顯了主題的迸發力量，相較之下，管管「他媽的」倒反而有些兒俏皮了。這就是藝術。

因此我們肯定這首詩，是一首好詩。

附：林承謨〈轉去皇幹〉（部分）

我停下收拾杯盤的工作
站起身子來
就大聲的嚷話
但喉嚨說什麼也不肯震動一下
（七對眼睛在等待我的一張嘴）
我更用力了
從肚底硬擠出聲音

好不容易
迸去一句臺灣話
「
轉
去
皇
幹
」

4

一篇作品（詩或者散文）在內容上大致是由兩種語彙組成，一種是物質語彙，另一種則是情感語彙。顧名思義，所謂物質語彙是作品所提供環境的物質條件，情感語彙就是附着在物質語彙上的屬性或者字裏行間所流溢出來的情緒與感動。

一篇好的詩或散文該當由情感語彙來支配物質語彙的運用，而不是由物質語彙來主導情感語彙的安排。我們看不慣流水賬式的散文敍述，即是那犯了後者的毛病。

比較以下兩首小令或有助於我們思考這個問題：

㈠

枯藤・老樹・昏鴉，
小橋・流水・平沙，
古道・西風・瘦馬。
夕陽西下，
斷腸人在天涯。

～馬東籬～

(二)

孤村・落日・殘霞，
輕烟・老樹・寒鴉，
一點飛鴻影下。
青山・綠水，
白草紅葉黃花。

～白仁甫～

5

幾天前的晚上跟同事一塊兒觀賞公共電視，畫面裏播出來一段旁白：
「記得小時侯讀過一首詩：
風這麼大，
雨這麼大，
爸爸出海捕魚去……」

剛唸完，一位（只有小學程度的）阿兵哥啞道：

「幹××，這也是詩？」

登時引起了一陣哄笑！

6

T·S·艾略特在《詩的效用與批評的效用》有這樣一段很中肯的話：「我希望我們能夠對於我們的詩，在表現上的正確性，明朗或晦澀，文法的精確或不精確，字句的選擇是否適當，高雅或者卑俗：簡單地說我們的詩人的教養之好壞付出更大的注意。」（注）

教養，當然無關乎人格，而是詩人在提筆前那一段先期的訓練所培育出來的基本功夫（國劇裏管這一層功夫叫做「身段」）。

前幾年，洪通的畫鬧過一陣子，但確實仍然很難將他的「畫」納入藝術範疇來討論。這裏，我想導出一個值得深思的問題：是不是只要有一張紙，紙上只要有了顏料，就可以叫做「繪畫」？只要畫多了這種有顏料的紙就可堂而皇之地稱爲「畫家」？

同樣地，是不是紙上有字，而且是分了行分了段的字句或字組就可稱爲「詩」？只要寫多了這樣的東西就可名之「詩人」？

我沒有否定自由詩（或稱現代詩）這幾十年來的成就，但總覺得自由詩這幾十年來的發展，至少在形式上還欠缺很多，很多很多很多！

「怎麼寫」與「寫什麼」兩個問題中間應該沒有孰輕孰重，就好比「愛情與麵包哪一個重要？」的問題一樣，總得要先把肚子塡飽了才能去談戀愛吧！

注：請參見《詩的效用與批評的效用》，十二頁，杜國清譯，純文學出版社。

7

偶然在翻閱舊的《藍星詩刊》時，發現了這首差不多被遺忘了的〈忘情花〉：

你走的那晚，後院的曇花開了。
母親說；曇花是吃齋的，屬於涅槃科，學名叫忘情。妳折下來熬碗冰糖去，可以生津，可以止咳，最重要的是可以使妳心潔氣清，更接近涅槃。妳取去熬了……
……（注）

這首詩有古詩的風格。作者並沒有點明「思」這個主題，卻又無處不相思，母親要這位女詩人（我猜）忘情，因爲忘情可以生津，可以止咳，可以使之心潔氣淸，可以更接近涅槃，所以要她摘朵忘情花熬碗「冰」（這個「冰」下得好，同時又雙關了堅貞的內涵）糖去，無非是因爲作者太多情了，太深愛詩中那個幸運的男兒了……

由母親的「勸」襯托出作者的「不能忘情」，這種手法直是源自古（樂府）詩的傳統，似乎還更上了一層樓。

是不是有這樣命意相同的樂府詩：「自君之出矣，不復理殘機。思君如滿月，夜夜減淸輝。」這首詩若有缺陷的話，就是太明白點出了「思」字啦！

注：請參見《藍星》十一號，六十九年四月出版。

8

有一種說法意思是：「事物的每一秒鐘都在變，這一秒絕不等同於上一秒鐘。」若這說法成立，那麼，就某種程度而言，歷史似乎是比詩（文學）來得「眞實」，至少，歷史不必對「時間」負責。

還有一種說法：「畫古人最簡單。畫一幅屈原行吟圖，當然不會有人對屈原畫得像不像提出疑義；因爲——誰也沒有看過屈原長得什麼樣子……」畫古人的畫像不必對「歷史」負責。

這兩種說法的可靠性如何？

然而，什麼是「眞實」？

如果當初「清明上河圖」的作者不把畫題爲「清明上河圖」，而題爲「赤壁之戰」或「淝水之戰」什麼的，幾百年後的我們看來會作何感想？

我們知道歷史上的曹操是時勢造出來的英雄，也是出色的詩人，可是文學裏的曹操卻是不折不扣的「奸雄」。誰對誰錯？誰眞誰假？

拿「眞實」來設限歷史與詩（文學）的本質其實是不必要的，他們都不眞實，也都不不眞實。眞正的「眞實」只存在於作者與讀者彼此的默契當中。《詩經》第一首〈關雎〉，就是有人硬說它是描寫「后妃之德」，是一首「政治詩」，你有什麼辦法？

9

「詩只能感覺，不能解釋。」這句話常常被某些不太肯用功的「詩人」奉爲經典，而被另外一些詩人所鄙夷。

「星空很希臘」，把名詞用作形容詞其力量有多大？起碼依着這名詞的本質與特性，還有方向可循，總比夢囈式毫無頭緒的語言來得可愛。

就算是感覺，也該有正規的字詞語法或文法來作憑托，否則就會惹來「蕪亂」之嫌。

近來翻閱夏宇詩集《備忘錄》，覺得夏宇的詩正是屬於「只能感覺」那一型的，而且，其語言的架構很清楚，可是，詩集裏確實有不少作品難以訴諸言詮，每一首都（至少）得讀個兩三遍才能領會其深沉的意蘊。

比方說這首：

住在小鎮
當國文老師
有一個辦公桌
道德式微的校園
用毛筆改作文：
「時代的巨輪
不停的轉動……」

唸了半天也想了半天，才猛然發現詩題竟是：「一生」！

登時爲之感動不已……

10

有一陣子，「詩與民歌」的結合被人津津樂道。

自由詩能受到作曲家的垂青而被譜成歌當然而且絕對是件好事，但讓我們回想：一個聽者，當他在聆賞一首歌曲時，他的意識中接受的訊息比例最大的是什麼？是音符節奏呢？還是歌詞（現代詩）？

「只要我長大」差不多每位上了幼稚園的小朋友都會唱，即使他們歌詞唱錯（且有時錯得離譜）。

五年前我在中廣臺灣臺製作並主持了一個自由詩朗誦的廣播節目「望雲小集」，節目開頭以鄭愁予的名詩〈偈〉譜成的歌作主題曲（王海玲演唱），我曾問錄音小姐這首歌如何？她回答我：「歌不錯，但不知道歌詞的意思。」

我並不否定自由詩跟其他媒體的結合「可讓更多人知道自由詩」此一起碼的功能，但偶一爲之可以，若自由詩就以此爲滿足，「詩人」拚命寫可以譜成歌曲的詩（詞？）而不思長進，也未免太「那個」了吧！

某個年輕「詩人」告訴我，他的某詩在某次聲光（雷射）朗誦會上得到觀（聽？）眾熱烈的掌聲。我跟他說：「如果你再找個脫衣女郎到臺上大跳艷舞，保證全場爆滿？」

11

挿畫一直很少受到與作品等同的重視，有點不公平，實際上，當一個讀者翻開書頁時，最先映入眼簾的，往往就是「挿畫」，而畫的內容也就常常引導着讀者的閱讀角度與方向，不僅僅只有藝術效果而已。當然，我們注意的還包括這挿畫的構圖、設色（多半是黑白），甚至位置的安排……。

《地平線》詩畫季刊第四期就有幾幅挿畫設計的不錯，但納悶的是其中一幅：

向左——轉！
。　　一
二　　、
、　　二

觀禮臺

一　、
、　一
二　、
、　二
一　。
向右——轉！

司令臺

竟是安排在一組題爲〈拾〉的「詩」裏，偏偏還是一幅相當差勁的「挿畫」。比較起來，夏宇在《備忘錄》裏畫的「歹徒丙」及「社會版」還稍具藝術氣息。

12

〈聯副〉近有「一行詩」專輯，「一行」可不可以算作「詩」姑且不去管它，我們也無法計算這「一行」可能承載了多少意義。但至少，它絕不可只是一個自足而完整的意象單元，否則這「詩」的身份便大爲可疑。

收進時報文化公司出版的《林亨泰詩集》中〈黃昏〉一首差可算作較爲成功的例子：

蚊子們　在香蕉林中　騷擾着

這首「詩」讀起來很——

「癢」……

13

尤袤在他的《全唐詩話》卷五中提到曹松有詩云：「憑君莫話封侯事，一將功成萬骨枯。」接着底下說這兩句「可謂諳世故矣」。

幾年前讀到羊令野的〈秋興〉（注）八首便大爲歎服，詩人的年歲愈長形之於筆下的當不只有功力和閱歷，更有那再一次「見山是山，見水是水」的練達心境；這方面就不是區區「天才」或「天份」二字所能含括的了。試看其中第四首：

久久仰測雁字和天河相等的斜度

你的背影是一柄疾馳的箭鏃

驀然間刺向失落的地平線

而我只能默想那歸程多麼遼遠
那夢魂多麼深沉

注：原詩發表於七十一年十一月五日〈聯合副刊〉，後收進爾雅版《七十一年詩選》。

14

在「現象學」（Phenomenology），特別是胡塞爾（Edmund Husserl, 1859-1938）的現象哲學裏有一個很重要的觀念：存而不論（希臘文 Epoche）。其意是將傳統中所有一切，在未完全有確證之前，都放入括弧（一個假設的，而實際上並不存在的具有消釋作用的符號）裏，不去利用它，當然，也不去否定它，只把它當作「待證」而「未證」的事實。（注）

比如「臺中」一名，其在自然地理中的定位與在我印象中的定位是大小不等的兩個集合，其自然中的個體（或稱「物自體」）包括着我「個人」的印象；因爲在我想像中的「臺中」，絕不可能包羅全部自然地理的臺中；或許只是「臺中公園」，於是想像裏的知識內容便把「臺中公園」當成臺中的代表了。對其他人而言，當然又會有不同的認識方式：對某甲可以是「東海大學」（的教堂），對某乙則也可能是「中華路的夜市」了。以「我」自己而言，除開「臺中公園」之外臺中的其他部份仍然存在，仍然有其片面的意義，只是現在都被我的意識剝落，「存而不論」了。從另一個角度來看，「臺中公園」與「我」在某個有關「臺中」的層面上便形成「耐人尋味」的關係。

同樣地，對於文學藝術的創作本身，可以肯定的說，任何一個表現體式都不可能呈顯或運用出某個（作者所賦予之）特定命題的全部素材，因此，所謂「作者的企圖」毋寧是一個遙不可及的神話。〈長恨歌〉本來就道不盡明皇與貴妃之間的萬般情結。作者所能做的，只是展示隱藏在主題（題目）後面的精神層次，事實上，即使這個精神層次的整然性都頗可懷疑。全部的沙特加上西蒙・波娃甚至加上貝克特再加上齊克果……都不可能完全等於「存在主義」（existentialism）。

我並沒有想把所有文藝的價值也都「存而不論」的意思，我想說的是，對於一個詩人（或其他文藝工作者）——如果我們因他的「詩」而首肯他的「詩人」身份的話，我們何必苛問他的胸襟與視野是否寬濶？

李後主寫「揮淚對宮娥」，「宮娥」不過是他表現對家國之思所提出的一個意識中的代表罷了。「社稷」對某些人或許有相當重要的意義，但（至少）對〈破陣子〉裏的李後主而言，不過是暫時被「存而不論」而已！

注：請參閱鄔昆如著作《現象學論文集》，黎明文化事業公司出版。

15

《全唐詩話》卷六最末講到有關權龍褒這個人的趣事，頗堪玩味：

……嘗吟夏日詩：「嚴霜白皓皓，明月赤團團。」或曰：「豈是夏景？」答曰：「趁韻而已。」……乃皇太子宴賦詩。太子援筆譏之：「龍褒才子，秦州人氏。明月晝耀，嚴霜夏起。如此詩章，趁韻而已。」

近體詩講格律極爲嚴謹，爲了押（趁）韻更動一字數字而導致詞意荒謬離譜或詩味大變的例子不可勝數。自由詩打破了這層束縛，用韻與否已無顧慮。但近幾（十）年來，各個思想學說（亦即所謂的前衛理論）不斷地興起，被引介及至被曲解誤用；被曲解的學派若能自成一嶄新的風格也就罷了，怕就怕的是爲了要迎合自己所服膺的主義思想，而勉強寫（創作？）些連自己也看不懂的東西（我只能含蓄稱這種東西是「東西」）的話，是不是就跟前面我們所舉的笑話——爲了「趁韻」而不惜寫出違背事實的句子一樣呢？

有關權先生的笑譚在《全唐詩話》裏還講了幾則，茲引述一則，雖可莞爾，確也值得深思：

……嘗作秋日詠懷詩曰：「檐前飛七百，雪白後園僵。飽食房裏側，家糞集野蜋。」參軍不曉，問之，權曰：「鴿子簾前飛，直七百；洗衫掛後園白如雪；飽食房中側臥，家裏便轉集得野澤蜣蜋。」聞者笑之。（按，①蜋〔螳蜋或蜋蜩〕與蜣蜋〔即俗稱金龜子〕爲不同之昆蟲；②藉「糞便」之名以糞喻便，荒謬足令人噴飯也。）

16

唐．釋皎然在其所著《詩式》一部中提出詩之「六迷」，深覺用之當今所謂「現代詩壇」一點不妄：

以虛誕①而爲高古②，以緩漫③而爲沖澹④，以錯用意⑤而爲獨善⑥，以詭怪⑦而爲新奇⑧，以爛熟⑨而爲穩約⑩，以氣少力弱⑪而爲容易⑫。

注解：①虛誕：不實而未可置信之虛事。②高古：清暢具古風。③緩漫：謂極柔弱也。④沖澹：清和明朗。⑤錯用意：謂措詞引喻有誤釋者。⑥獨善：獨爲佳者。善，佳也。⑦詭怪：詭奇怪異。⑧新奇：謂不同於俗者。⑨爛熟：賣弄經驗及技巧所致。⑩穩約：實而不華。⑫氣少力弱：謂氣勢貧乏。⑬容易：透澈易曉。

17

民國七十五年元旦，詩人張默在高雄開了一次「抽象水墨畫展」，對彼時習畫僅一年的張默而言，能順利開畫展自是相當得意的一樁成就（？）。

表現手法凌亂，意念模糊的塗鴉作品也能登上畫廊的門牆，大概羨煞了不少人吧！

對於張默——我所敬愛的前輩詩人，我是不敢也不願多說什麼的，只是，我仍然忍不住驚訝地想問一句：

「太急了吧？」

18

民國七十五年八月十日的「第二屆現代詩學研討會」，孟樊發表的〈天空希臘乎——略論現代詩的語言與概念〉一文在「詩的語言」部份，孟君引述了條頓語及羅曼斯語爲例時先稱「條頓語較傾向於邏輯、智性及抽象，而羅曼斯語則較富現實性、具體性與感性」（論文集印本二十七頁上欄），後又說「倘智性及抽象性的羅曼斯語意用得過多的話，則將失去詩所具有的抒情性（感性）的特質」（同前頁下欄）顯有矛盾，這可能是孟君「手民之誤」；然而這不重要，重要的是，在會場當時討論甚熱烈且據說（該次會議我未獲邀）不時有激動之聲音爆出的情況下，竟然未聞有任一與會先進對此提出指（修）正者。

我設想兩種可能：

㈠與會先進並無意於論文的本身（即其學術層面）……

㈡也許這只是個毫不起眼的小螺絲吧！少了它也無關乎整部機器的運作——他們以爲……

19

張默有一首題爲〈鴕鳥〉的短詩僅有四行：

遠遠的
靜悄悄的
閑置在地平線上最陰暗的一角
一把張開的黑雨傘

論者皆謂最後一句乃是畫龍點睛之筆。

這暫且不提。嚴格來講，〈鴕鳥〉一詩所能承載的意義與內涵實在有限，它旨在描寫詩人一眼觸及鴕鳥時那瞬間的印象，在所有張默的作品裏應該不算是最好的。

但是，有一點卻很值得我們注意：它所掌握的意象準確極了。使得鴕鳥與「一把張開的黑雨傘」成了充分且必要的條件。張開的黑雨傘庶幾乎成了鴕鳥的「專用」意象，非鴕鳥之喩不爲功。就這層來說，本句確有畫龍點睛的效果。

寫詩最忌意象的蕪亂不實，〈鴕鳥〉一詩若把末句改成「一隻慵懶的鴕鳥」就太露，太白了。改成「一團（黑色的）棉花球」則嫌不實。至若改成「一顆待燃的黑色炸彈」，俏皮則俏皮矣，卻失之含混蕪雜，沒準兒還會令人嘔血了。

20

格言體的詩並不好寫。

所謂「格言」，當然是以「教化」爲目的；但詩又是一種很忌諱說教的文學體裁。於是，一首好的格言詩，它至少必須具備這樣的條件：即是如何把詩人作者所欲宣達的理念隱沒於字裏行間，而在讀者閱讀的過程中，不但體承了詩的優美造境，且其良知也在不知不覺中被喚醒，同時被感動。

曾淑美〈生之三帖〉中的〈生活〉一首算是很成功的例子了：

我的生活充滿戰鬪
戰鬪戰鬪戰鬪
爲了停止流血必須天天流血——
啊　愛！

這首詩的手法跟前面所舉張默的〈鴕鳥〉一詩有異曲同工之妙，如果沒有了末句，則前三句會綳死掉，變成了很嚴苛卻又很無意義的說教。末句一出，整首詩的精神彷彿一下子都敞開了。

「愛」在此象徵着緊張忙碌（類於戰鬪）的生活中那一點明亮的慰劑。擴而觀之，作者的理念大約是建立在已日漸物質化的社會裏那一點象徵人類希望的精神文明。這首詩的認知程度雖可深可淺；然其意義卻是強而有力的殆無可疑。

21

宋・張紫芝的《竹坡詩話》裏有一則記載很有意思：

有數貴人遇休沐，携歌舞燕僧舍者。酒酣，誦前人詩：「因過竹院逢僧話，又得浮生半日閒。」僧聞而笑之。貴人問師何笑？僧曰：「尊官得半日閒，老僧卻忙了三日。」謂一日供帳，一日燕集，一日掃除也。

這令我想起了幾十年前被許多人奉爲神明的「超現實主義」，一大票詩人吃飽了撐着在那兒喊痛喊救命，當時，自由中國的絕大部份同胞仍在有一餐沒一餐地奮鬪着。

這幾十年發展下來，在許多人努力之後，自由中國無論在經濟或工業的建設與成長的確正是突飛猛進，快得驚人，才剛邁入已開發國家之林，「現代化」才開始不久，「後現代狀況」（或「後工業文明」）就已翩然來臨了！

詩人不是不能「閒」，沒有「閒」哪能寫詩？可是，要表現那種「閒」情也得看個時候吧！

如果有人跑到殘障兒童院嚷嚷：「你們都是國家未來的主人翁，是『現代』的棟樑。」準會被當作瘋子。

當然啦！你也可以振振有詞地說這是——後現代。

22

第五期的《地平線》兒童雜誌，花了十一頁篇幅為某位年輕「詩」人做了專題，有個題目是：「前衛的實驗者」。的確是够「前衛」，把一些可以（利）用的「東西」都裝了進去。我們來看看有一道題為「沉默」的方程式：

```
1φ　CLS
2φ　GOTO 1φ
3φ　END
RUN
```

說眞的，我覺得這個作者很可憐，他太嚮往詩壇，太嚮往當「詩人」了，為了早點達到他的夢想，只好走捷徑，寫些自認爲是「詩」的「詩」，期望博取注意，好壞都可以，只要能「出名」。

在這專題前，有則小小的〈導言〉，提到「他是一個年輕而勇敢的，前衛的實驗者」；我相信，他原該是一個年輕而勇敢的好孩子——如果他不寫那種「詩」的話。

23

有次畫展，一位「達達派」的畫家在畫廊的某個角落很愼重地擺了一個馬桶，有觀眾奇怪，問那位畫家：「這是你的創作嗎？」

畫家得意地回答：「是的。」

觀眾又問：「馬桶是你發明的嗎？」

「不是！」仍是得意的神情。

「那麼，你怎能說是你的創作呢？」

「是的。不過想到把馬桶擺在畫廊裏的，我可是第一個呢！」

《地平線》兒童雜誌第五期（又是它，傷腦筋！）有一首「詩」：

面影

畫論

1. 看到自己的臉急速旋轉
2. 有些人的眼睛掉了進去
3. 另外。
4. 而且。
5. 一些驚歎號
6. 甩了出來　？

7. 躺在地上冷着；
8. 有幾片風。
9. 摔下。
10. 。

太棒了，我剛剛也寫了一首「詩」：

於是，啊哈！
一把張開的黑雨傘
曇花是吃齋的
憨直的傻小子
哈里路亞，我們活着
天空很希臘
更具浮雕的美了
而排長總會說：你小子壓根兒在胡扯

一品深綠，乃乃乃
　我達達的馬蹄是美麗的錯誤
　RUN

親愛的讀者！怎麼樣?!不錯吧？

若嫌太短，可再反覆抄個百來句，就是一篇很「前衛」，很「後現代」的敍事詩了。啊！它「象徵」着「後工業文明體制下的病態與迷惘」，如何?這個解釋很具「深度」了吧?!

哦！題目呢？差點忘了。

對了，題目就叫：〈無限〉。

24

有一陣子，「臺灣作家定位」的問題被人拿出來討論，還被《自立晚報》票選爲七十五年文壇十大事件之一。期待（自由）中國的作家（詩人）被世界各國重視的心理我想任何（中國）人都能理解。每年諾貝爾文學獎揭曉前後，報紙副刊的熱門話題總會圍繞着「今年有無中國作家入圍?」「爲什麼諾貝爾文學獎不頒給中國人?」，但，很少有人眞願誠心地回過頭來反省，我們有什麼能力或資格來讓世界文壇看得起或重視我們（不一定要得諾貝爾文學獎）？

龔鵬程先生在〈傳統與現代——意識糾結的危機〉（注）一文中，末段提到頗值深思的話：「除非我們能……眞正從中國文化傳統中發展出新的認知型範，突破『傳統／現代』的意識框架，否則，我看不出有什麼希望……」

是的，我們踵續了太多西方的知識理論與思想，是不是該回過頭來爲自己整理出一套相對於西方文學理論的新典範（按，卽龔先生所言之「型範」，也卽孔恩 T.S. Kuhn 所提的 Paradigm 觀念）呢?!爲中國的文學與藝術尋找可資風行的共同標竿。

這幾（十）年來，國內的文學思潮不斷地在隨西方文學理論的起落而進退，他們有象徵主義，我們也有,他們有超現實，我們也不落人後的倡行,他們有後現代，我們隨後就到……我們在不知不覺中早已淪爲西方文學（我不敢說「文化」）的殖民地了，這樣的環境與條件，又怎能奢望別人重視我們？

要成爲世界文學的重鎭，有許多問題尚待解決，第一步就是我們的作家怎麼樣可以更重視（不一定要繼承或全盤接受）我們自己的傳統？這並非做不到，「事在人爲」就是了。

比較世界上其他國家，我們有更悠久的文學傳統，只是缺乏「回家」與「正視自我」的勇氣與精神！

注：請參見《文訊》雙月刊第三〇期所作企劃「當代文學討論會之三」，頁八六，七十六年六月出版。

25

賈島的「鳥宿池邊樹，僧敲月下門」曾因韓愈的更「推」爲「敲」而成爲佳話。

事實上，這兩句，我以爲用「敲」字不如「推」字來得傳神，「敲」的聲音雖易造成「意象」的突出，但與四周寧靜的氣氛相置卻嫌刻意，反不如「推」字較能顯出這位和尚深怕驚擾了附近熟睡的鄰居的心情。

推門的聲音是「ㄐ一——」當然比敲門的「ㄎㄡ、ㄎㄡ、ㄎㄡ」還動人心弦。

26

親愛的朋友，我前面的評斷並不是要說服您眞的相信「推」字確比「敲」用得好，我想說的是，我們可以互相誠懇地尊重彼此不同的欣賞角度。

有一次乾隆皇帝出巡，時值小雪，這位不懂創作卻很喜歡創作的皇帝隨興吟了幾句：「一片一片又一片，兩片三片四五片，六片七片八九片」底下便不知如何收尾了。這時，他握着這三句問紀昀（曉嵐）該怎麼接下去？紀曉嵐想了想，寫下：「飛入蘆花皆不見」。此句一出，彷彿前三句頓時間活了起來，全詩立刻生意盎然。

紀先生當時下的這句是用來說明「詩眼」設置的絕佳例子。

所謂「詩眼」，顧名思義，卽是「詩的眼睛」，它的功用在統攝全首詩的內在意涵甚至精神，用力處，可以啟發讀者的慧根，節省閱讀的時間，乃至減低讀者對作者的「誤會」。因此，「詩眼」設置的最佳地點是在詩的末尾，尤其是在最末句。試看苦苓的〈羅馬〉（注）：

站在競技場的廢墟前／想像暴君焚城的景象／那樣瘋狂昏庸的王／一樣有熱烈擁戴的羣眾／同看驚慌的基督徒／遭虎豹追噬／也有偉大的音樂藝術／以及壯麗的建築／使千條道路蜿蜒而來／像萬方景仰的貢使／微弱的眞理與正義／又豈能不乖乖歸順／想起祖國已死的尼祿王／以及仍在烈焰中的京城／一個異鄉遊子的眼淚／並不能熄滅什麼／徒然引起了地底下／古老城市爲自己哀悼的／一聲嘆息（因詩長，我以直式排列）。

細心的讀者可以發現，全首詩只有最後兩句是「跨句」，而苦苓將「一聲嘆息」單呈一行，目的顯然要讓這一句啟迪整首詩的內涵。這四字卽是「詩眼」。不過，〈羅馬〉一詩若將「一聲嘆息」四字單闢一段，與前面十八句（行）分開的話，效果可能要大得多。

注：原詩摘自《躺在地上看星的人》，頁九〇，蘭亭。

27

熟諳中國文學史的人在提到《詩經》與《楚辭》時，偶而會思及將其與西方的寫實主義與浪漫主義拿來做比較的題型；《楚辭》多奇思幻想，具浪漫色彩，而《詩經》（尤其是「國風」部分）則充滿對現實生活（或政治）的反映，富有寫實精神。如此一來，我們也習慣了將「政治——寫實」作爲我們衡斷文學作品的一種尺度，陶淵明是寫實，謝靈運是浪漫，李白是浪漫，杜甫則重寫實……，晚近，「政治」與「寫實」更被多人視作一體之兩面。

或許吧！在某種程度上，政治性素材本身卽具相當的寫實意義，因爲，作者若擬把意念作訴求性的呈現以期獲讀者的共識或認同的話，他勢必要將政治運作下影響的周遭環境作適度的搬用以爲佐證的資料。

然而，寫實主義的精神眞的只有如此嗎？

至少我們無法否認，同在寫實陣營的大將屠格涅夫的《羅亭》與福婁拜的《包法利夫人》呈現了極爲不同的寫作技巧及風範。

其實，我倒寧願相信劉述先先生在〈屠格涅夫《羅亭》與寫實〉（注一）一文中所說的：「寫實不是要人去寫平凡和瑣屑的一切，而是要人去寫『典型』，在平凡瑣碎的生活中去尋求『典型』，而所謂典型，即使是某種平凡的人物或者事物的典型，也早已轉變成爲一種不平凡的象徵符號了。」劉先生這裏所說的象徵符號（Symbol）依我看還不如用「母題」（Motif）解說來得確切。的確，寫實主義眞正爲人所珍視的，即是這種仍繼續不斷被衍繹滋生的永恆「象徵」。

蔡忠修的詩集《神問》中有一首〈老工友〉（注二）可作爲例子（詩長，以直述行之）：

他以砍過敵人腦袋的手／守着寧靜的校園／週末下午／孩子帶走了笑聲／操場只給他留下一灘積水／他以掃射的姿勢／開始追索昨日的雨水／陽光已漸消失／他緩緩走向司令臺／向尚未返家的國旗致敬／然後／走入教室／將留在黑板的作文題目／「我的

媽媽」／輕輕擦掉。

這首詩沒有什麼撼人心岳的技巧，但誰人不說它正寫出了這時代許多許多人的——心聲！

注一：見劉述先著《文學欣賞的靈魂》頁五五，東大。
注二：詩見蔡忠修詩集《神問》，頁一六七，兩岸詩刊社。

28

張香華在其主編的《菲華詩選——玫瑰與坦克》（林白出版）一書的代序文中提到：

菲律賓華人，和世界各國其他的華人一樣，不管是土生土長的華僑，或在中國出生，移居外國，而加入了所在國國籍，由於語言、種族、風俗習慣的不同，使他們在異國的生存面臨一種特殊的壓力。這股壓力，有來自和物質環境搏鬥的衝突，也有精神文化層面的牴觸。

或許正因此故，我在閱讀這本詩選時，便會於其中涉及到對故土鄉愁情懷的描寫特別用心揣摩其心境，其中大概就屬陳默的〈出世仔的話〉一詩最令我感動了：「妹妹初上幼稚園／爸爸考她用字／爸爸寫了個『人』／她說TAO／爸爸摟著她／親了又親／學期終／爸爸又寫了『中國』／她茫然搖頭／爸爸雙手蒙住臉／喑啞裏聲調：／『學「人」倒學得好／怎麼「中國」就學不來？』」（注：出世仔意指中非混血兒。TAO乃非語，意卽人。）

詩，最可貴處，除了語言精煉之外，能否讓讀者「感動」也該是詩人一個重要的職志。

如果企圖以「花招」堆砌一些文字來向人證明自己會寫（不是「用」）中國字，那就——△#⊙☆！…………

29

孟樊在〈江湖寥落爾安歸——評徐望雲的流浪意識〉一文中提到我的詩受鄭愁予的影響很多。

是的，當初（大二大三時）開始提筆寫詩，愁予詩給我的啟示最多，孟樊在〈江〉文中還舉了例證說明我的某些詩句自愁予處脫胎換骨而來。其實，現在要我再回想那時候是受了愁予哪方面的影響最大？我發現主要還是在場景的製造上。

我在動筆前，腦海中必會先浮出一個「背景」，然後再安排人、事、物進去；比方說我在寫「方寸小集」裏的〈腳印〉一詩時：

誰底夢裏呢？正輕輕地落着
很瘦的花，海潮一去
便留下了寧靜，以及
一路錯落的回聲
而仍然是那遙遠了的跫響啊

夜夜……

就是因爲我先看見了一個淒美的夜間海岸，有沙沙的浪濤聲，然後我安排一些足跡在沙灘上，海邊沒有人，這些足跡當然很孤獨囉！它們是不是會想念它們的「主人」呢？我一邊想，一邊就寫下了這些詩句，自然也經過一番設計與刪改。

高中時看過一本武俠小說的封面，上面畫了一個傷痕纍纍的俠客，在大雪紛飛的夜裏策馬奔馳，而且回頭彷彿在張望什麼似的，身旁就是莽莽的大山。於是我就以這一幕作背景及主體，並想像那俠客剛經過一場慘烈的廝殺，正打算逃往南方，他頻頻回顧看有沒有追兵？就這麼我又寫下了〈寒山夜路〉：

這是曠野
我是風雲後的敗卒
不能再忍受所有的刀聲了
喧嚷的江湖，以及
北國的飛雪・凌亂的飛花

一種苦吟
被撥自折翼的歸雁
千種帶血的蹄痕
在我的背後
寫下了一些蒼茫

給寂黯的天地
彷彿是那斷了弦的
追殺的聲音
流過兩邊重雪的松林
而仍然是我
在狂馳的馬背上
在急急的風中
　　　奔
　　　　走
在萬徑漠漠的寒山下

期望讀者閱讀時能夠輕易回溯進入我爲讀者安排的各種「世界」（也即「背景」了），讓心神暫時脫離現實，直接獲得美學的快感。

如何把這場景、氣氛和意境「佈置」得逼眞具誘惑力，這是我給自己在寫詩時訂下的功課。

當然啦！每個人都有他獨具的創作方法，而我提供了我自己的……

30

最近在市面上看到一本書，書名只有一個字：「是」。作者爲臺大中文系的教授。

詩不像詩，散文不像散文，小品文更甭提了。

這本「大著」如掛我的名字不曉得會不會獲出版社垂青呢？

這令我深深感覺，作爲一個作者要出版社「心甘情願」（？）出你的書，似乎還得具備一種「實力」，跟作者本身有關，而與作品全然無關的「實力」。

31

《隨園詩話》中提到一位陶姓女子的詩：

新年無處不張燈，笙鼓元宵響沸騰。
惟有學吟人愛靜，小樓坐看月高升。

詩人的心靈，是古今相通的，三、四句的描寫，不少自由詩人應當有同感。只有在夜深人靜的時候，才有足够的清明和智慧來面對自己。

有位朋友問我：「你的詩和你的人在性格上總有些不同呢！到底哪一個才是眞的？」我告訴他：「我的人用來面對社會，我的詩則用來面對自己……」你說呢？

32

大年初三看華視「連環泡」節目，主持人方芳和澎恰恰訪問富都飯店兩位廚師介紹「中國的年菜」，其中也請了兩位演員，楊慶煌和藍心湄，同時個人也各自介紹自己預先做好的菜，當藍心湄介紹到她做的「速食漢堡」時，楊慶煌脫口說出了一句：「沒有文化的食物。」

竟也令身爲觀眾的我感慨久久，尤其當我聯想到自由中國的現代文學種種時……

33

請不要懷疑，這的確是收在某詩集裏的一首「詩」：

杉樹上的夕陽

怎麼樣？有信心當「詩人」吧？？——只要還沒差勁到擡不動筆……（太棒啦！人皆可以爲「李杜」，噁！）

34

爾雅版《七十一年詩選》，收錄了該年十一月五日聯副發表的羊令野的組詩〈秋興〉，字裏行間，詩人的閱歷所陶成的語言文字，在在浮映出世事風霜過後的一種閒遠境界，非有長時間的錘鍊很難寫下這樣的風格：

昨夜未霜
爲什麼楓葉就醉滿一地
誰來題詩　或者一帖書信
雁還遲遲南迴的路上
怎樣遞給那遠方守望的人

～之2

一組8首詩都是以如此悠雅寧靜的心情，鋪展成超然的況味，誠如作者在〈後記〉中所言：「淸秋該當有一番佳興，我非宋玉，亦非少陵，無關憂傷或悲憤，藉此抒我興味而已。」

相信讀者也難以從中找出任何情緒性的語詞或內涵。但如果我們同意詩歌即是作者與自我的對話，並進一步推論出其眞實性甚至較（書寫）歷史爲優越的話，那麼便不能忽略〈秋興〉一組中的第8首，也是最後1首中所透露出的訊息：

遊赤壁的東坡還未回來

少陵的歸帆猶掛在三峽之上
菊花已開過幾度了
阿陶你的酒錢呢
爲什麼痴痴的望着南山

痴望這曾耕種過並爲之付出過心血的南山（陶淵明詩：「種豆南山下，草盛豆苗稀」），是不是也暗示着詩人對生命對過往的永恆愛戀？

走過的歲月，誰不珍愛啊！

35

大學畢業前，我在校刊《輔大青年》上發表了一首「詩」，題目叫做〈摘星〉，是我看了當年（七十三年）蘭陵劇坊的戲劇演出（劇目相同）後寫下的感想，內容你看：

3↓∶8

看懂嗎？（看得懂我輸你。）

現在告訴你爲什麼我會寫出這些畫符？

蘭陵的「摘星」一劇主要在處理智障兒童的問題，導演賴聲川很明顯地提出了三個論點：㈠他們的世界，包括他們的理念和彼此溝通的方式，㈡他們家屬（尤其是父母）的生活方式，㈢他們和我們一般人接觸時，如何暴露出我們的自私狂妄，醜陋無知。（楊牧：〈他們的世界，我們的世界——摘星觀後〉，七十三年三月廿六日，聯副）

我一直認爲，做爲一個智障者其一切乖謬反常的言行，絕對不是他們所願意，我深信他們也有欲做「正常人」的願望及潛意識，但卻總是「身不由己」，做得不夠好。

好了，看我的「詩」：

「3」代表「半個人」（智障者），當然「一個人」就是「8」這符號了。↓是表示欲望。所指方向與正常人8之間有虛點「…」即表示無法跨越的鴻溝。於是，3要成爲8（智障者↓正常人）便永遠不得實現了。

如何！意義還算深遠吧?!

但現在想來，我的意義終究只是一廂情願，做爲一個讀者，他們將憑藉什麼樣的語言背景來閱讀這首「詩」？

除非我再加上〈後記〉標示自己寫（畫？）這些符號的動機來指引讀者，是不？但如此一來，讀〈後記〉就够了（將〈後記〉獨立成篇），幹嘛鬼畫符？

何不正正經經地寫一首詩？（雖然我當初曾想過。）

其實，那時會寫成這副德性，無非還是想「標新立異」吸引別人一番罷了，可管不着讀者看懂看不懂！這種惡劣的寫作態度，到今天仍讓我耿耿於懷，不禁對看到這首「詩」的師長校友們感到深深的歉疚！

36

讓我們試想一種狀況吧！假設你被禁錮在一個房間，又冷又飢餓，而你又知道外面有人，四周除了一扇門，沒有窗，那麼在這絕地，你可能會有什麼反應呢？敲門，大喊「開門」，是不?!若你不反對我的比方，那麼現在我們繼續把焦點擺在「開門」這兩個字上。當你喊叫開門時，聲音多少帶些憤怒、渴求（儘管也可能包含些許絕望）；如果是別人在屋子裏，你在屋外，你自然也就會清楚知覺到，那人發出「開門」這二字的目的，當然就是對你下一步可能的行動——「開門」的期望了。你不會聽見了他憤慨的怒吼或吶喊還「以爲」他在伸懶腰打呵欠吧！

現在，再換另一個角度，當你看到任何一首詩上印着的鉛字「開門」，這兩字想必不會對你產生任何行動的刺激吧！

茲隨舉羅門那首膾炙人口的〈麥堅利堡〉的兩行：

> 血已把偉大的紀念沖洗了出來
> 戰爭都哭了　偉大它爲什麼不笑

「哭」「笑」的情緒，可能很強烈，也可能很平靜，朗誦時，如果以強烈的語氣行之，那麼整首詩便很容易跟着上揚，如以平靜出之，則詩的節奏也會慢了下來，可是，在日常生活中，你幾乎沒有什麼機會用兩種（以上）不同的語氣來訴說同一件事（語詞），不是麼？

若你大致上首肯了我上面的說法，我們便可以清楚，詩，作爲一種語言，它確比日常言語容納了更多的表達空間，日常的言語因有特定的接收對象（一個或多個），所以只能掌握一種表達方式。但在詩中，同樣的文字或字組，任何讀者都可以用多種方式「完成」（我深信任何文學作品只有在閱讀中才算眞正完成），此即是閱讀的「多樣性格」，也是詩歌迷人的地方。

當然，每一首詩的表達方式也有一定的範圍，不是毫無拘限的，悼亡詩以輕快喜悅的語調出之，跟祝福詩以緩慢憂鬱的語氣表現，都是不倫不類。

詩歌的朗誦，這點是不能不注意的。

37

痴起來便對空向月亮招手
請坐請坐
而四十歲削髮爲僧之後
荒蕪的臉上開始鳥語花香

前面所引四行詩，它的涵意相信不難了解，尤其後兩句，削髮爲僧之後而至鳥語花香的境界（暗示看破紅塵的心懷），意象頗爲清晰。可是，如果再提醒讀者，「荒蕪的臉」和「請坐月亮請坐」是管管的兩本書名，相信讀者必會恍然大悟。卽便不知這是贈詩（有對象的詩），也能自成一美學客體，用來做獨立分析。這是洛夫《時間之傷》（時報公司出版）

裏的一首短詩。

理想的用典，應當就像如此能將典故消溶於詩中，而毫無隔閡才是。我們不妨再舉收進張默編爾雅版《七十一年詩選》中羊令野〈秋興八首〉中的一首：

莊子的秋水深淺
怎樣測得出一尾魚的體溫
想想莫非自得其樂
泥塗之龜
畢竟要比供奉楚廟活得自由

「泥塗龜」的故事就是典出《莊子》，而即使讀者不知道，也無礙於詩中所傳遞出的豁達的人生觀吧！

於此我們可以瞭然，眞正高明的典故運用，實無需依賴「注釋」（有時也表現在〈後記〉上）來徒增它的被認知力。

記得第一次讀李商隱〈錦瑟〉時，我全然不知什麼「望帝」、「珠淚」、「玉生煙」等等的事，可是依舊被其所釀造的意境和柔情所深深感動。

〈錦瑟〉之能流傳至今，想來也非浪得了。

38

文學作品之所以不同於一般的工藝（或工業）製品，除了蘊藏在其中的生命力之外，「人文素養」恐怕才是其生命力的本質。我不太能接受將中文的「文學作品」與英文的 work 之間劃上絕對等號（＝），它們中間只略略有着近似（≈）的關係。如以 humanistic work（人本作品）也許較好。

我並非執意排斥「文以載道」，但唐宋八大家的作品今天看來都「俗」得要命，因爲它太會「說教」，太刻板了，體例的過份「八股」也是我難以接受的原因。

文學不是彈簧床沙發椅，躺下去「爽」就好，不是電視，畫面清晰就好……，它應該包容着更多對世間萬物的種種關懷，當然也包括對自己的關懷。

說個故事或有助於觀念的建立：

一個人不小心掉進深水的河裏，喊着救命。一位道學家走來，動也不動的，數落着，怪他走路太不小心，告訴他什麼「心中不要有水，就沒有水」的廢話（我們說的「打高空」）。

一位大慈大悲的和尚走來撿了條繩子丟給他，也走了。那人抓着一條空盪盪的繩子，一點用也沒。跟着又來了一個老樵夫，再把一根長繩子丟給他，用力把他給拖了上來。

這比喻當然不是絕對的完美，耍嘴皮的就會問了：「那人隔了那麼久時間怎麼沒淹死？」玩笑歸玩笑（那人如掉進井裏是不是比較好?!），不過，讀者應該能夠了解了我心目中的文學作品正是扮演着故事中那樵夫的角色呢？

這也是爲什麼我對一些「遊戲」（美其名曰「實驗」）的作品極爲不屑的緣由了。

我們縱然不必把諾貝爾文學獎看作什麼了不起的「碗糕」，但是，其對人本主義與其價值的終極認同，卻值得我們珍視，並且看齊。

39

一九八八漢城奧運中爲我們獲得第一面奧運金牌的跆拳女子選手陳怡安，回國後，記者問她：「你以跆拳的身手，大概不會有人敢欺負你吧！」

「很難說！」陳怡安笑著回答。

「怎麼會？」那記者略帶驚訝：「你的跆拳那麼厲害，三兩下就足以把幾個大男生打倒了！」

「沒用的啦！他們打架又不會按跆拳的基本規則來。」

嗯！即使小孩玩的「遊戲」，也都有遵循的規則吧！

在某次聚會上，我問一位擅寫「實驗詩」的青年「詩人」：「你爲什麼會想到用奇怪的符號來寫作『詩』？」

「因爲這樣才能讓讀者分辨文跟詩的不同啊！」他自信地補充：「也才容易引起大家的注意！」

或許吧！

當越來越多人用所謂「實驗」的手法來「玩」詩時，除非在小說、散文和詩之外，再另闢一個「鬼畫符」的文類（Genre），否則，詩，遲早要淪爲「現代畫」的一個支流。

哎！爲此我成「詩」一首，題目是「詩之輓歌」：

卍十◎※△#

——十五秒「寫」成

40

在《批評與眞理》(*Critique et verite*) 一書中，羅蘭・巴特 (Roland Barthes) 曾爲「閱讀」和「批評」作了相當程度的釐清，他認爲閱讀是一種認識作品的過程，忠實的讀者無非就是一字不漏地重覆作品原文；而批評則把批評者安排在離作品一定距離的位置上。批評是積極地爲文本創造一種意義……文學正是建立在文字的「多重意義」基礎之上的。(注)

巴特對符號學的理論研究，與美國當代藝術理論家蘇珊・朗格 (Susanne Langer 1896-1985) 的藝術理論有着或多或少的相似，她在《情感與形式》一書中提到「一件藝術作品就是一種自發的情感表達方式」，卽藝術家思想狀態的徵候（符號），藝術作品是一種（具多重意義的）符號系統，大概是所有努力文藝符號學者的共識，任何對符號學稍有涉獵的讀者想必也不會有異議。

我的問題是，巴特把作品的再創功能委諸批評（者），而把「純粹」(？) 的閱讀自整個創作過程中抽離的作法，是否恰當？（形之於文字的）批評固然可以再創另一種（或多種）意義，但「有意」的閱讀（我想巴特所謂閱讀，應是指有意的；儘管現實中有「無意的閱讀」之可能如白癡之於詩歌，但嚴格說來，無意的閱讀在美學範疇中是難以被討論或者列入的。）當然也可以援引不同於作者原意的另一種（詮釋）策略。

晚近比較文學界興起的閱讀反應理論不斷在提醒作、讀者「還原」作品的荒謬。不要說是讀者，即使作者的最初創作意念在整個作品創作的過程中也不時遭到扭曲與變形，這涉及寫作者的寫作環境，常溫的轉變，甚至其精神（心理）狀態……等等的影響。所以，我們幾乎可以肯定任何讀者（包括批評家及作品完成後的作者本人）當他在觸及作品時對作品的認識與「看法」（或想法）絕不同於作者（創作前）的原意了。

這裏沒有貶低文本（text）價值的意思，相反的，在我提出對羅蘭·巴特「閱讀」定義的反證時，我已從另一角度豐富了文本的意義進而建立其積極的價值：

一個忠實的讀者，他只忠實於閱讀現場的自己，而不是一字不漏地重覆作品原文。

注：此處我採用洪顯勝先生所譯羅蘭·巴特著作《符號學要義》（*Elements of Semiology*）中譯序部分的說法，請參見《符號學要義》，南方出版社，

七十七年四月，頁二十二。

41

一個人要坐下來好好申論自己的詩觀，當然很容易長篇大論，厲害的，也可以幾個字就很清楚的表達出來。

我看過最簡單的詩觀有兩則，一是一九八幾年（恕我已忘）前衛版臺灣詩選中苦苓所寫的「有話要說，反對到底」，八個字已把苦苓的寫作態度及風格闡述得一清二楚了（讀者同不同意自然是另一回事）。

另外一則是《新陸現代詩誌》革新版第五期「同仁詩展」中的一個絕妙例子，也是只有八個字說給你聽：「終究陰錯陽差閒若」。如果只寫「終究陰錯陽差」我還可以理解並且爲之會心一笑，加了個「閒若」二字，就很莫名其妙了，大概是我中文造旨（詣）太差了。

後來我拿這二字問隔壁才唸國小五年級的阿六，他看了看，說：「你好笨哦！閒若就是『好爽』嘛！」

我嚇了一跳，乖乖，現在所謂詩人及小學生的中文程度都「高」得令我感到監介（尷尬）呢！

42

和幾個寫自由詩的朋友聚會——所謂的「品茗論詩」。

席間我們聊到自己最喜愛的詩人及作品。

我說：「我蠻喜歡王翰的……」話還未完……

「王翰？」一位朋友臉上頓時寫滿了疑惑：「游泳的那個人嘛？出過詩集嗎？怎沒有聽過他也會寫詩？」

我搖頭苦笑著：「王翰是唐朝的詩人，我正想說我喜歡他那首『葡萄美酒夜光杯，欲飲琵琶馬上催。醉臥沙場君莫笑，古來征戰幾人回』。」

突然想起袁枚在《隨園詩話》中所說的：

> 後之人未有不學古人而能寫詩者。

當然，袁子才輸了，輸給現代的「詩人」。

而且輸得很慘？

又成「詩」一首，題目是「偉大的詩人」：

什麼

？

——五秒「寫」成

43

有一位出了什麼阿拉什麼傳說的詩集的「青年詩人」，我告訴他：「你大部分的詩，我看不懂吔！」

「你大概還沒有能力（？）接受這樣的詩吧！」他說：「我問過許多中南部的朋友，他們都說很欣賞我這樣的詩呢！」

「哦？」我聳聳肩：「我的朋友（不寫詩的）也說很欣賞我的詩吔！我教過的學生甚至還說我是當今最『優秀』的詩人哩！學期末害我高興得讓他們分數『歐帕』（all pass，全部過關的意思）。」

哎哎！我詩興又來了（忍着點吧），成「詩」一首，題目叫〈大風吹〉：

之，他。

啊哈……活着的；
AC〃△a☆○〃#
GGYY……

——二十五秒「寫」成

以後我兒子如敢說看不懂這麼美妙的「前衛詩」，我打斷他兩腿！

44

爾雅版《七十六年詩選》，選了曾淑美〈兒童節照片〉一首，淑美的詩正如編者所言「語言淺白，然設境生情，頗可玩味」，單就這句話來看，選〈兒〉詩固然無誤，但如果在此一基礎之上，再加上詩人無悔的襟抱可爲絕對的考量標準的話，《七十六年詩選》起碼漏選了曾淑美的另外一首：〈紀念〉（曾發表在該年度《人間副刊》）。〈紀念〉開頭便切入了主題，並袒露了詩人的情懷：

我穿着阿根廷來的絨布褲
穿過裝滿晚霞的巷弄
同志們住在木棉樹旁
枝頭花朵一樣高的閣樓上。
那陣子我們傾倒於革命
蓄長髮留鬍子，故意做愛
心思遠涉一個出產熱血和虛無的地方
灌木叢裏窩藏肯納豎笛的悲哀

這對「革命」情懷的嚮往乃至追求，也預示了一個宿命（可能悲劇）的結局，而主題也在以後的二三四五段中不斷地反覆着，如第二段中：「我不禁也耳聞了／數以萬計人民羣眾的呼聲」，第三段：「戰爭與和平忽遠忽近／Bob Dylan 憂鬱地佔領了半座牆壁」，第四段：「……最後／一隻抗議歌曲被倒進舞池了／我感覺腳趾眷戀着光滑的地板／沒有勇氣向坎坷問路」，以及第五段：「有一陣子我們熱衷過革命／差一點就有所行動，眞的」。

到末段終於把第一段的「熱血」和「虛無」交織在一起，讓年輕人對「革命」（不必看成單純的武力、示威等具體行動，無妨當作是一種年輕潛在的叛逆性格）的誠懇和理想在此遭受最嚴苛的考驗、挫傷及至再一次的成長，這「成長」在詩中沒有說出來，但題目：「紀念」便早已暗示了此一成長的意義。

平原上，羣眾始終沒有出現
我們的天空被雷電鞭打、解構
夢想與困阨，一場雨雪紛紛……
我受命於消沉前夕最後的溫愛
在此寂寞、寂靜
連聲音都虛脫了的雪地上
不斷虛構着各式各樣的情節
以傳述一種畢竟眞誠的情懷

年輕的情懷，畢竟眞誠。

45

《七十六年詩選》沒有選入黃靖雅的〈清明〉也很可惜。這首詩發表在七十六年六月四日《中國時報・人間副刊》。

全篇將蘭陽平原的風景用輕緩而柔情的活潑筆觸勾勒出來，沒有說教味，也沒有特意做作的文字安排和架構，也因爲如此，使得整首詩自然而然浮現出一種牧歌式的田園風格，甜美安靜而濃淡適宜。

如第一段：「當穀雨來臨／秧苗間流傳一種綠色的歡呼／水田甦醒後，泥香正濃／白鷺都未離去／草根在地層輕輕翻身／隨風飄蕩的花粉已完成旅行」

再如第二段「長冬淚痕還隱隱留在／木麻黃的葉尖，佇候／春風，溫柔降落／大地坦蕩的胸臆」

黃靖雅對場景（background）的掌握確有她獨到之處，不過〈清明〉一詩也不一味的寫景，否則便很容易淪爲無味。最末段將蘭陽溪擬人化，並賦予了深深的祝福與期盼；我個人認爲這是全詩最好的一段安排，無懈可擊。尤其是末三句把詩的精神面給拓寬了。你看：

但在必須出海的河口
沙岸岩岸緊緊握手悲喜交集
奔向壯闊的時刻不要回首蘭陽溪不要嘆息

46

治文學史的學者在面對未來文學（尤其是自由詩）的發展時，很容易執着在史的嬗遞性並以之衡價自由詩的方向，因此，「前衛」性便成了信守不渝的主張。

的確，若以今天的立場回頭去考察已完成的文學史，不難發現唐詩——宋詞——元曲——明清章回小說，等等不同文體的生成流變似乎在「暗示」着某種規則，因此，當今詩壇在寫實、象徵、超現實過時之後，「後現代」式的自由詩彷彿應該成爲主導才對，實驗性也就成了似是而非的傾向。

但是，懂一點「中國文學史」的人都會知道，在唐詩尚未邁入晚年時，詞的體式早已在民間形成且不斷被創作着，只是那時候，皇室、科舉仍在主導着絕句律詩的創作，所以，詞便只在民間伏流着，一直未曾出頭引領風騷，現在看到最早的詞傳說是李白所塡，其實，李白是否塡過詞，今人迭有爭議，姑不去論，但，由此亦可知，詞的出現當在約莫與太白同時的盛唐前後，殆無可疑。

詞眞正由民間躍入帝王之家應是五代南唐幾位皇帝（尤其是後主李煜）的功勞，自此下領兩宋的風騷。

曲在南宋時，發源自江浙一代的地方戲曲。

章回小說早在元代便有出名的著作也是人盡皆知。

沒有一種文體的形成及成長不需要羣眾（讀者）基礎的，而羣眾的來源自然就是民間。可是，自由詩素來就缺乏讀者，寫詩的人抵死不讀詩，十五六七八歲的青少年男女會寫（情）詩在日記上或寄給心儀的異性，可是拚了命也不肯花一毛錢買一本詩集（寧可看小說散文）……這樣的情況下，還有人打着實驗的旗幟拿不入流的揷畫當詩，藉玩弄中國字（或英文字）來誇稱自由詩的前衛風格，如何不教人更加憂心詩的未來？（未來的詩？）

某詩選委我附上「我的詩觀」，我想了幾天，才決定寫下：「什麼詩仙、詩聖、詩佛、詩霸……什麼文學史……如果沒有讀者，全都站一邊涼快。」

雖然有點玩笑，卻有充分的無奈！

47

有次看電視影集「黃金女郎」，其中一段對白很有意思；白蘭琪突發奇想，要寫小說，但嚷了許久，仍沒有作品出來，有一天，她面露憂傷地走進厨房，桃樂蒂問她怎麼回事？

「我碰到創作瓶頸了！」白蘭琪皺着眉頭。

這時，蘇菲亞老太太不屑地說：「會比十天拉不出屎來難受嗎？」（隨即一陣罐頭笑聲。）

倒是桃樂蒂比較理智：「白蘭琪，你要弄清楚，要有創作，才會有創作瓶頸！」

而我想到的，是我們的詩壇；多的是年輕「詩人」發表了幾首詩，就「宣告」要改變「詩風」的現象……

有够厲害！

48

張錯在《文訊》雜誌五十五期（七十九年五月號）寫了篇短論：〈詩的危機〉，全篇重點可能在最後的兩句話：「爲什麼不能想出一些鼓勵或協助出版社出版詩集的計畫？爲什麼不可以讓一些基金會以免稅的方式去催助詩集的出版？」

張錯的呼籲想必令不少詩人頗有同感！

然而，誠如張錯所言：「詩集在出版界中，已經成爲負債類，而且更可能是嚴重的負債項目……」但爲什麼會這樣子？從來沒有人去問，連詩人自身也不想知道，他（她）只想知道，有沒有出版社肯出他（她）的詩集？於是，要讓自己的詩獲出版社青睞，只好「各憑本事」了。當然，出版社也不是完全不出詩集，那得要靠出版社跟詩人的「交情」而定，跟市場取向無關。

請別怪「寫詩的人」不買（不是不讀）詩集，有多少人寫詩只是爲了證明自己也能玩這「簡單的文字遊戲」？這些張錯有沒有思考過？四十年或七十年的新詩發展，到底給了讀者什麼？我們也許不屑詩也跟着走「娛樂」路線，但又何必把詩搞得深不可測？讀者（廣義的說，就是大眾啦！）連什麼是詩都還沒弄清楚（怎麼也有看起來像散文的「詩」？），怎麼要求他們去買詩集？拜託哦！

忝爲「寫詩的人」的一份子，我何嘗不希望出版社多多出詩集?!可是，站在靠這行吃飯的出版社業者立場，誰願意去做賠錢的生意？除非你有大財團在背後替你賠這筆錢！

於是，張錯文章最末的一段話便頗堪玩味了：「美國有很多專門出版詩集的小型出版社，因詩人口比我們多，也頗堪維持，但最大的助力，還是各大學的出版社，而我們臺灣這麼多所大學，大學出版社又在那兒呢？」我聯想到的是：

我們大學的新詩教育又做得如何了？

49

自由詩裏，什麼樣程度才叫做「怪」？《說文》一書提到「怪，異也。」異，不同也。用在這邊，大概可以說，不同於一般表現手法的詩，堪稱為「怪詩」。然而，這樣的「怪」，其實也很吊詭。民國初年，自由詩的白話表現，相較於舊式格律詩，何嘗不可稱為「怪」！那麼，此刻我們可以再問：「一般表現手法」是什麼？這方面我們如果有共識，則超出這範疇之外的，自然也就是「怪」詩了（或離怪詩不遠矣）！我如此不厭其煩的推演，看似無聊，其實是很值得深思的。

徐志摩的〈再別康橋〉是不是怪詩？余光中的〈西螺大橋〉是不是怪詩？鄭愁予〈賦別〉是不是？洛夫〈石室之死亡〉呢？商禽〈逃亡的天空〉？……這些詩儘管你讀不懂，但起碼它們建構出的「意象世界」我們都很清楚，所（可能）不懂的，只是隱藏在意象背後的

「意義」或作者的意念罷了。但是，當一首詩（或一堆句子），連它的意象都模糊甚至沒有時，就很「怪」了。

如林亨泰的《林亨泰詩集》（時報出版）就有許多首詩因摻雜着大量黑白的顏色而顯得「怪異」，由於黑與白是林亨泰慣於使用的色調，熟悉他詩風的當然也可能不覺得有多「怪」，以《林亨泰詩集》裏的〈作品第十一〉爲例：「白　第三束／黑　第四束／第三束的九箇／它們的顎　肥肥／第四束的九箇／它們的髮　黑黑」（首段、次段）。白與黑的表現全然找不到依據（除了顎與髮），且「束」、「箇」二字的使用令人摸不着頭緒，對這首詩的理解上，的確很難讓讀者在一下子適應過來，再者以顏色做表現主體，也不同於我們的「一般經驗」。

夏宇自費印的《備忘錄》也有多首「一級怪」的詩，不過她的語言基本上算是流暢的。再年輕一點還有怪得不知該怎麼形容的；這是徐雁影自費出版的《溫柔的支出》的隨便一首〈有事沒有〉：「有事啦／沒事啦／事事／項項／有或沒有／其實全是眞有所／事項之后的事哩」（首段）。

再過來介紹「詩壇新秀」林羣盛自費出版的《聖紀豎琴座奧義傳說》裏的〈淡黑系列〉：「時間的陰影倒在雨的號聲／我從黑色的大氣層迫降／灰色的斷音／慢慢／醒來」（首段）

——謹恕限於篇幅，無法再多例舉了。

自由詩有沒有必要以怪爲尚，那當然是批評家的事；不過，既然自由詩本來就不怎麼受讀者甚至作者的重視，偶爾「怪里怪氣」地玩玩它又何妨？

50

關心大陸詩壇發展的人，大概都聽過近年大陸詩歌理論界的南北「兩大天王」——北謝南李。北謝，指的是北京大學中文系教授謝冕先生。南李，指的則是湖南省作協副主席並任湘潭大學教授的李元洛先生。既稱「北謝南李」，當然，除理論基礎的強固之外，他們所呈現的立論角度及風格都有互異處，而且還是兩個極端。中國再大，年輕一代的詩作者仍會尋想自己的詩學觀，而有意無意地紛紛投入兩種立場鮮明的旗幟下。

位居大陸詩歌理論北派重鎭的謝冕以支持新詩潮的變革意向爲其立論重心，換言之，對詩史嬗遞的密度與素質是謝冕長久着力的焦點。他在〈完整的太陽已經破碎——論大陸近年詩運〉一文中卽指出：「我們把直接承繼了傳統內涵和傳統表現方式的那一部分詩歌稱爲傳統詩潮。這一基本服膺現實主義精神的詩歌潮流，的確爲新詩的切入時代和現實作過貢獻，但藝術的鈍化現象也相當嚴重。」正因爲對藝術鈍化現象的憂心，因此，謝冕對大陸近年詩運的「後新詩潮」運動也特別關注。

後新詩潮，顧名思義，卽是針對「新詩潮」（以通過意象的凝聚和組合給對象分散的或整體的象徵效果，如曾風靡一時的「朦朧詩」表現手法）的一種反動，按謝冕在〈完〉文中的說法，後新詩潮相對於新詩潮，做了三個方面的根本性轉移：㈠經由政治的詩到文化的詩的轉移；㈡由激情的詩到平淡的詩的轉移；㈢由英雄的詩到平民的詩的轉移。

事實上，「亦此亦彼，彼此共存作爲一個新的詩歌時代的象徵，正得到鮮明體現。對於詩的消費者，這是一個開放的多種選擇的市場。」也正是謝冕對當前大陸詩壇的期許。「多元化」，似乎也成了他詩歌理論的追求方向。

連他在爲廣西年輕詩人楊克詩集《圖騰的困惑》寫的序〈南方尋找語言〉中也不忘提到：「南方並不一定溫柔和恬靜，卽使是在蕉風椰雨的南方。我聽到南方的情緒和音響，那裏一樣的嘈雜和喧騰……」嘈雜和喧騰，無形中也成了謝冕立論設想的一個起點。

如果我們不曾忘記北大開放與自由的學風的話，對謝冕的詩歌理論，我們大體也可追索出這樣的傳承性而不覺得訝異。

然而，開放是一回事，謝冕畢竟是從中國古典文學走出的詩歌理論家，筆者在北京時曾與他有過短暫的晤談，深知其並非主張全然拋棄語言成規或僅致力於「扭斷文法脖子」的假

「前衛派」（大陸稱爲「先鋒派」）。

他在爲另一詩論家吳曉所著《意象符號與情感空間》一書的序言中談到新詩潮「除了變革和拓展傳統詩歌內涵而向着精深沉厚方向挺進外，其在詩藝革新方面的最大貢獻卽在於大幅度引進意象化方式而爲新詩注入了鮮活的生機。同意象的暗示或隱喻取代以往那種明白無誤的敍說或抒發；用意象的組合和構築取代以往那種平面的拼湊的說明和證實……」

「意象」、「隱喻」其實也都是研究中國詩的學者並不陌生的辭彙。在這裏，我們可以感覺到謝冕亟欲建立一個屬於中國，且正不斷前進、改革與蛻變的現代詩學理論。

51

在「北謝南李」中最爲臺灣本地讀者所熟知的要屬「南李」——李元洛先生了；東大圖書公司爲他出版的《詩美學》一書應算是他的詩學觀最完整的呈現，十四個章節中，他不斷徵引中西詩理論與作品，架構出他基本上仍側重於紹繼傳統的詩美學觀點。他在〈中國詩歌傳統縱橫談〉一文中卽揭示了他立論的基點：「文學的發展，除了作爲文學作品反映的內容——社會生活及其發展這一外部原因之外，還有內在的本身條件，這就是文學自身的繼承、革新和發展。換言之，繼承民族傳統是詩歌發展的內在規律。」

這段話很清楚顯示出與「北謝」全然迥異的理論風貌，但在傳統的承接上，李元洛並沒有抹殺文學史所內具的嬗遞性與語言變動性，正如在〈中〉文裏他也同時強調：「傳統是一個流動的美學範疇，因而它也是一個既具有歷史性也具有現實性的範疇，已處在不斷地『現代化』的進程之中。」因爲每一代在相對於後一代時，也無法避免被劃入「傳統」的命運，昨天對於今天也成了「傳統」，甚至前一秒對這一秒也形成了一種「傳統」……，那麼，傳統對我們的意義，除了純粹的時間先後之外就是語言風格的批判性繼承，乃至語彙的增刪或補強。

準此，「南李」將現代詩潮納入中國文學史一脈相傳下來的主流的用意便相當明確，其理論刻意避開了西方詩潮（特別是由哲學或比較文學帶起的各種文學理論）對兩岸詩歌創作影響的變數。儘管李元洛在《詩美學》裏如何旁徵博引中西詩歌作品，基本上，仍然只是用來對照他脫胎自中國詩學傳統的理論工具，形成一種有濃厚中國風味的「南李」詩派。

最近在湖南湘陰成明進先生的號召下發起了「意味詩」派，處處以李元洛馬首是瞻，主張從中國傳統裏勾出意味詩的支脈。在「芙蓉賓館」，李元洛談到此也不禁頻頻搖頭，一來他對「意味」詩的定義仍抱持質疑的態度；二來，對年輕人視他爲「導師」的意思也不忍領受。無論如何，經由《詩美學》系列詩學的闡發，李元洛的思想體系確乎已被認可而屹立不搖，並儼然形成了中國南方詩歌理論的一大重鎭。

當前大陸的詩歌理論仍不斷在推陳出新，各家各派（如「意味詩」、「新邊塞派」……乃至早先的「朦朧詩」。）無不努力在發展出一套屬於自己的新理論，儘管如此，「北謝南李」的理論仍然是我們認識大陸詩理論的一個重要門鑰。

52

熟悉大陸詩壇的，對他們的「詩選」之多，恐怕也不覺得怎麼樣稀奇了。

的確，自從開放探親之後，藉着資訊來往的頻繁與文化交流的「偉大」號召，許多大陸作家開始一窩蜂地編起了「選集」，這些選集以「詩選」最多，奇怪的是，「小說選」及「散文選」倒不常見。

可以想見的是，這些「詩選」的主選者絕大部分是詩人，而且，「詩」選也以其他方式出現，如「現代詩辭典」、「年度詩選」，種類之繁，令人目不暇給。

事實上，這些「詩選」的編選者也以年輕詩人最多。

他們的作法，常常是透過某一位前輩（他們會稱其爲老師）或朋友，得到任何一位臺灣詩人的連絡地址，然後，一封信殺過來，說打算編一本關於臺灣的什麼什麼詩選，希望得到

「兄台」的支持，並請「兄台」推薦或介紹幾位……云云，就這樣，一個牽一個，而臺灣這邊的詩人除了有作品獲大陸詩人垂青選入詩選之外，又可做順水人情，何樂而不爲！

「詩選」一旦編輯完竣，編選者立卽搖身一變，成了臺灣文學（現代詩）專家……。如此一來，大陸的「詩選」也成了參差不齊的「濫選」了。大大小小的詩人，一併來個大鍋炒！

坦白說，這令人感到可悲。

如果還知道大陸的詩人也是亂七八糟的在寫詩，也是沒有什麼讀者（一般詩集也是印到三千本上下，作者還得「包銷」），又比這邊的詩人更多一層政治的顧忌（中共文藝政策向以打壓詩人爲最甚，證諸六四，更是如此）……等等窘狀之後，我想，這些「詩選怪現象」也就值得同情了。

只是，有誰分得清，同情與價値的差別呢？

53

臺灣這邊編詩選，碰到的是另一個問題：有沒有出版社支持？

如果沒有出版社支持，能否找到朋友合資？講難聽一點，有沒有「寃大頭」？

這些問題解決之後，剩下的，就是「怎麼玩」的問題了。

亟欲成爲文學史史料或文學史一部分的這些「詩選」到底意義何在？實在不是我們這一輩的人能輕易置喙的。不過，「詩選」倒是暗示了「詩壇」（？）結構的權力分配，似乎誰能掌握「詩選」，誰就掌握了「詩壇」，乃至「文學史」！

這讓我想起張正隆在《雪白血紅》一書裏所提到的一句話：「歷史是什麼？歷史不過是個婊子，誰有權勢誰就可以玩『她』一下！」

如將話中的「歷史」換成「文學史」（或「詩史」）似乎也並無不妥。

終有一天，我們必會看到，一位作家（詩人）編選者編出了一套「世界文學大系」（或「世界偉大文學家大系」之類），然後……將他自己也列了進去……

54

大陸前一陣子流行汪國眞的詩，並有評論家譽之爲「汪熱」，甚至稱其聲勢壓倒了席慕蓉……，大陸的某些文學觀察家當然感到欣慰了！「有幅宣傳招貼奪人眼目：『回首席慕蓉更顯大陸詩人超然實力』。」（一九九一・二・十四《文學報》江迅特稿〈美的征服，始于『手抄本』〉）。

大陸文學觀察者會有類此反應是可以理解的，大陸閱讀市場長期被柏楊、瓊瑤、三毛、席慕蓉、倪匡……等臺港作家「宰制」下難得出現一個大陸「土」產的暢銷作家，自是有理由爲「被拾回的尊嚴」而感動。

然而，暢銷歸暢銷，汪國眞的詩是否眞有那麼不可一世的價值？或退一步說，是否眞有超越席慕蓉的地方呢？

對於這一點，我想我不做臆斷，倒不如舉一首他在〈退稿〉一文中提到他最喜愛的一首詩〈熱愛生命〉爲例子，好壞相信讀者心中自有數：

我不去想是否能夠成功
既然選擇了遠方
便只顧風雨兼程

我不去想能否贏得愛情
既然鍾情於玫瑰
就勇敢地吐露眞誠

我不去想身後會不會襲來寒風冷雨
既然目標是地平線
留給世界的只能是背影

我不去想未來是平坦還是泥濘
只要熱愛生命
一切，都在意料之中

55

如果要以詩的產量做爲衡斷大詩人的標準，清朝的乾隆皇帝可能是「超級大詩人」了。他的詩難以勝數，留存下來的有四萬多首。

然而，他較爲人知的一首，大概就是這一首了：「一片一片又一片／兩片三片四五片／六片七片八九片／飛入蘆花都不見」，可是，最見畫龍點睛之效的末句也不是他的，是紀曉嵐的。

唐朝張繼留下的就那麼一百零一首〈楓橋夜泊〉，杜秋娘也就那麼一曲〈金縷衣〉，够了。

56

苦苓認爲自由詩可能會如宋朝的「西崑體」一樣只是成爲文學史上聊備一格的名詞罷了。

我想，沒那麼糟糕吧！

以前的人要成爲詩人，必須要受過各種訓練，格律的，文字的都有，比較難。

但現代的人寫自由詩，當詩人，卻只要不斷手斷腳，或不是啞吧，能拿筆寫中國字（或只要會「畫畫」），會發出「聲音」（找別人記錄），就可以啦！簡單得多啦！

所以，自由詩會永遠有人在寫的……

噢！自由詩萬歲——

57

研究創作美學的人，大概都能同意，一篇作品的完成通常並不只是「一個人」的成績，當然，發表出來的作品「歸屬人」只有一個——泛稱為「作者」，那個「作者」的意義，多半僅能設定在：將素材組成作品者。

基本上，不管是詩、散文，或者小說，也不論寫作者奉行什麼樣的主義流派，他（她）在寫作的當下，他的腦海中，胸中必然充斥着各種「聲音」——各種前人、旁人或周遭人事物所發出來的「聲音」，而不僅僅是他所想表現的對象或方法；這些「聲音」的來源因此便很廣了，可能包括他童年的記憶、經驗，甚至他閱讀過的故事（文學或非文學的）理論，以及詩篇，特別是他往往可以倒背如流的歌詩與民謠。這些聲音，直接或間接地左右着寫作者的「運筆」，而形成了他的「作品風格」。

這其實也就是「影響功能」的玄妙之處。可以這麼說，沒有任何一個寫作者能夠完全不受「影響」的創作。

58

目前在書市間，比起小說、散文類，詩集的銷路差得很多，比起實用類的書，更慘。

幾十年來，臺灣其實也不乏暢銷的詩集，較為人知者大概就是鄭愁予與席慕蓉了，然而，鄭愁予的暢銷還是其洪範本的《鄭愁予詩集I：一九五一－一九六八》，這一集詩，讀者應該都很淸楚，與席慕蓉《七里香》、《無怨的青春》一樣，是屬於情詩的類型，說得更包容一點，該是抒情詩。

撇開個人詩集不談，即使是相關於情詩的選集，也差不多有很好的銷路，如海風出版的《情詩》、《最愛》與《情詩鈔》等。

這說明了什麼？

中國的詩教，從來就是以「抒情傳統」爲主流，而愛情的表現又比「抒情」要具體（當然，抒情包括了愛情），因爲，多半的愛情詩會有一個特定的對象，儘管這「對象」可能是眞有其人，也可能是想像（夢）中的情人，無論如何，作者在寫作詩篇時，會刻意在至少有另一個人可以讀「懂」的前提下（除非是自戀），將那難以言說的情意用最美的語言文字表現出來。……

請注意，「懂」，與「最美的語言文字」，恰恰也是作品能不能被更多的讀者「接受」的最大前提。

而這，是否還能給詩人們（特別是那喜好故弄玄虛的詩人們）更多的啟發呢？

兩岸的開放，表現在文學上即是資訊交流的日益頻繁，頻繁到難以縝密地做篩選，因此，如果想讓自己在「對岸」（不管是大陸，抑是臺灣這邊而言）「紅」起來，就得看誰給得資訊較「快」（或，誰得到的資訊較快）了，臺灣這邊，於是乎就開始有一票詩人向對岸「輸送」，而對岸，對這岸，當然，也無法眞正瞭解，於是也跟着照單全收。反之，彼岸對此岸亦然。

在大陸，表現得最明顯的，是一些不被重視的年輕人，通常是尋求出詩集管道未成，吃了閉門羹的，會開始向臺灣詩刊投稿，不論大詩刊小詩刊，以能獲發表爲主，當然，由於隔了一水，雖然，資訊頻繁，對作品品質的要求卻也難以做到完善，而在「大中國」潛意識作祟之下，本地的詩刊大量刊用了大陸老、中、青的詩稿，本來這也沒什麼不好，問題是，許多大陸的年輕詩作者卻可能只因登了一、二首未必好的詩作在臺灣的詩刊上，便拿着登有其劣作的詩刊，向大陸的出版社要求出詩集：「你看，臺灣的詩刊都刊了我的詩，你們還不承認我的詩好，不出我的詩集嚒？」據我在大陸的友人告訴我，這叫「回馬鎗」！

大陸的出版社雖是「國營」，但也必須自負盈虧，市場的壓力並不比臺灣的出版界小。而大陸人口多，按比率算，詩人也「滿坑滿谷」，特別是，詩，又是「最好寫」（？）的一種文類，在這種情況下，這邊刊物要對大陸來稿做準確的篩選可謂困難重重了。

例如，在本地詩刊發表率頗多的兩位甘肅籍詩人與內蒙詩人（此間還有刊物爲他們做專題報導過），幾乎，大陸的詩友每言及此二人都不禁搖頭：「他們是四人幫的餘孽，文革時，不曉得有多少知識分子喪生在他們手上，他們坐牢坐得一點都不寃枉，竟然，還在臺灣的詩刊上說他們遭了寃獄……」其實，這些還無所謂，更糟的是，他們的詩質也是鴉鴉烏……

也許有人會阿Q似地自我安慰一番：時間，會是最公正的遴選者……

嗯，的確，當我們對現在感到無力時，只好寄望時間會站在自己這邊了。

60

我在大陸（廣東省蕉嶺縣）的一位叔叔是務農出身，民國三十八年，父親跟隨國民黨政府來臺灣，那時，祖父母一家人因爲「失去連絡」的父親被疑爲「投效國民黨軍隊」而被中共打入右派，雖然，多年後，在沒有強力證據的情形下「平反」了，但田產卻被中共沒收了。十年文革期間，祖父被鬪死，叔叔及嬸嬸帶着兩個年幼的小堂妹，揹着罹患胃癌的祖母輾轉逃入雲南山區，鎮日以啃樹皮爲生。由於叔叔學過醫，懂得一些藥草，就在山區拔藥草、山果，和着山泉燉來當湯喝，祖母不久病故，叔叔一家人在山區住了好一陣子，文革之後，才又回到廣東。

這段期間，熟悉近代史的人都知道，長達十年；十年，叔叔一家人也苦了十年，並且還曾經歷過親人在身邊慢慢耗逝了生命的苦楚……

在家鄉的祖祠裏，叔叔跟我一點一滴地回憶了那十年的辛酸：「人的生命力是不可限量的，那時候，支持我，與我們一家人度過窮苦貧困歲月的，是何其芳的一首詩！」

「一首詩?!」

我聽了很訝異，叔叔該不是因爲知道我對自由詩的興趣，才這樣「討好」我的吧?……

我這樣想着時，叔叔便慢慢背出了這首〈生活是多麼廣濶〉：

生活是多麼廣濶，
生活是海洋。
凡是有生活的地方就有快樂和寶藏。

去參加歌詠隊，去演戲，
去建設鐵路，去作飛行師，

去坐在實驗室裏，去寫詩，
去高山上滑雪，去駕一隻船顛簸在波濤上，
去北極探險，去熱帶搜集植物，
去帶一個帳篷在星光下露宿。
去過尋常的日子，
去在平凡的事物中睜大你的眼睛，
去以自己的火點燃旁人的火，
去以心發現心。

生活是多麼廣濶，
生活又多麼芬芳。
凡是有生活的地方就有快樂和寶藏。

原來，叔叔把那十年的悲苦辛酸都當成了生活中豐富寶藏的一部分了，再苦的生活也顯得「芬芳」無比了。

詩……

是不是就因了它會與生活、生命緊緊相依，才益發顯得它可貴，令人留戀，玩味不已！

61

擔任了某報文學獎的新詩組評審，由於並非決審，有更多機會流覽大部分作品，發現來稿中不乏大陸及海外華人的作品，很容易從中比較出兩岸詩作的異同。

大體而言，臺灣詩作在語言文字的精煉上，表現得要比大陸（及海外）作品優秀得多，對於意象的塑造多有別出心裁之處，句與句，行與行之間充滿了靈巧與機智。而大陸作品拙於意象的經營，更遑論張力或語言的密度了。

不過，要論素材的廣度與內容的深度，無疑地，大陸作品確要超出臺灣許多，再由於政治環境的緊縮甚於臺灣，因此，大陸的詩作也幾乎呈現了兩個極端，要不就歌功頌德，拍馬屁過了頭的作品，要不就是與體制抗衡的作品，通常，前者在藝術手法的表現要比後者來得遜色許多。

這讓我想起臺灣也有一部分詩人，拍馬屁的功夫並不輸於大陸的某些（自命爲）御用的詩人，如前幾年某國立大學一位教授寫了一本《百人圖》，各爲黨政軍要人寫了頌詩（多以

「贈詩」的面目出現）……。在這處處講創作自由的國度，你不能說他不對，也許他根本沒有躋身政界的企圖，也許只想當個國立大學校長而已……

而這，其實也讓我聯想起：「厚臉皮」之必要——海峽兩岸都一樣……

62

中國大陸有不少個詩派，每個詩派都標誌着他們的內涵與精神；海峽兩岸詩歌的比較，有時可從這些詩派所訴求的對象看出端倪。

臺灣本地從一九四九年以後象徵、超現實開始，到六〇年代葡萄園帶出的明朗與晦澀的爭辯，再到七〇年代中葉的「鄉土文學論戰」，乃至晚近所謂的「後現代」，在在顯示着「如何寫？」的問題一直不斷被激化，被補強，「寫什麼？」的問題只在「鄉土文學論戰」時期有具體的論述。

反觀中國大陸，由於崇奉馬克思美學教條，一九四九年（他們稱「解放」）之後，除了五〇年代末有過「浪漫主義」詩歌的宣揚，到晚近朦朧詩的崛起或意味詩的提倡曾略略涉及「怎麼寫？」的課題外，更多時候，大陸的詩歌被提出的，仍是以「寫什麼？」的問題最多。

在寫作的格局方面，兩岸也有差異。如前幾年大陸風行一時的「新邊塞派」（又稱爲「西部詩」），其視野之廣濶便非本地詩人所能及，一個重點當然在於，他們筆下的西部邊塞風光是「活」的，他們就生活在其中，如子夏寫的〈遙遠的西天山〉：

風中，抖動着一株白楊
雪山的寂寞
陪伴着一盞孤獨的馬燈

這三句將西部的風雪夜描畫得雖然仍令我們（臺灣的讀者）感到有點陌生，但卻相當眞實。再如章德益寫的〈孤馬〉：

夕陽裏
一匹孤馬
紫銅色的肌膚

紫銅色的光亮
宛如一尊紫銅色浮雕
溶鑄在大漠中央

讀着讀着，邊塞的景象便浮現了出來，頓時，胸襟拓寬了不少。臺灣本地寫邊塞（場景當然仍得設定在大陸西部），也有，但不多，像徐望雲寫的〈想念遠方的夢土〉：

雨在廣袤的平原上
寂寂落着
沿着漢家荒涼的驛道
三五被遺棄的城垛
橫着幾片銹了的刀刃

就像詩題所說的，那只是「想念」中的「夢」土，也許浪漫，也許美麗，但不眞實！

63

前一陣子，有幾位詩友組成了一支以臺語詩創作爲主的詩社——蕃薯詩社。卽使從其詩社名稱也可以淸楚看見其濃郁的「草根性」與「本土風格」。

談到語言，眞的是沒完沒了。

用一樣的中國文字來諧「臺灣話」（或「閩南語」）所寫出來的詩，就叫做「臺語詩」。那麼，用廣東話寫出來的，是不是可以叫「廣東詩」？最近還有人提倡寫「客家詩」呢，慚愧，我是客家人，卻不曉得客家人擁有一套不同於中文的「客家文字」呢！

哦！我懂了，管管寫的某些詩（帶有山東方言的），也可以叫「山東詩」了，而瘂弦的〈鹽〉大概也能稱得上是「豫（河南）語詩」了。……

這裏並不是反對用中文去諧各地各省的方言寫詩（或其他文類），畢竟，瘂弦的〈鹽〉與向陽許多諧臺語音寫的詩（如〈阿爸的便當〉）寫得眞好；但，我們委實不必要去特意強調它，說穿了，它們都將只是千千萬萬首中國詩的一部分，而且只是一小部分罷了。

當然，關愛自己所生長並存在的這塊土地儘管是好的，但與「臺語詩」的倡導與否該是兩碼子事。

64

其實，我對自由詩這幾十年的表現有點失望，對前景也就跟着悲觀起來……

但，沒有了詩，我們這一代的文學史又如何交待得過去？……

曾應邀至幾所學校擔任新詩評審（包括學生文學獎），發現其中不乏文字表現雖略遜（那畢竟要時間），但仍可見出作者年輕旺盛的企圖心與史詩內涵，眞不願意看他們跟我一樣悲觀，一樣對新詩的未來「束手無策」……

於是，我總會突然想起魯迅……

魯迅在〈狂人日記〉裏的一段話：

救救孩子……

青青子矜
悠悠我心
但為君故
沈吟至今

二、報告

現代詩人的現代困境

「詩是心靈的產物」，如果我們承認這句話有其相當可靠的眞實性的話，那麼，相對的，「詩反應了多少現實的層面？」又成了一個頗值得探討的問題。

「在心爲志，發言爲詩」，如果我們重視詩人的創作意圖，那麼單就心靈思維的傳播而言，我們還可以問：「詩究竟傳遞了多少訊息？」或者「傳遞了什麼樣的訊息？」。回到我們談論的主題，我們可以先認定，身爲一個現代人，即使是詩人，同樣不能避開現實環境的影響，他與每個人一起在這塊土地上成長、呼吸，也一起在這大時代的舞臺上歡唱與憂愁，不可免的與周圍的人共同關心搶案、凶殺案、影星的緋聞，想到要爲此寫一首詩，這首詩固然可能承載詩人原初的創作理念，然而，讀者接收了多少？又接受了多少？

我們並不懷疑詩人對待世事的眞誠，我們關心的，無寧說是詩人爲此而寫下的詩篇到底能不能忠實而又全般地傳達世事？許多文學批評工作者，在觸及到文本（text）時，也慢慢地警覺到了「還原」作品的荒謬性。任一讀者或批評家在面對一篇作品時應該認清，他透過字句的有意安排而「看」到的一切，已與作者最初的意念及所引用的具體資料有了距離。於是，設使一個詩人想要在他的作品裏導入社會事件（當然也參考了新聞報導），以作爲他的意念的佐證，勢必要將這個事件從報刊上「剪貼」入他的詩裏，並且刻意使它平易化。

是的，讀者必然能輕易接收到你的訊息，知道這個事件，而且也聽到了你的「觀點」，但是，他未必會很在意你的「觀點」，再一方面，他由讀詩的過程中接收到你的訊息，又不如他去看報紙或者打開電視，收看聲光（影）同步的現場採訪報導，他顯然「辜負」了作者的心意，這種「辜負」當然也不是作者所希望的。我想說的是，現代詩人關心社會甚至參與社會的同時，切勿忘記，這時的他已不是「詩人」，而是「社會人」。他的詩，正如任何一篇報導一樣，只是構成某個事況爲人認知的一部分或一個方式（不是全部），詩人的「觀點」也僅僅提供一個人（詩人自己）或一小部分人的意見而已。

讓我們把焦點轉向文學層面，一個詩人當他知道他的作品直接參與社會的不可能性之後，他該考慮的，自然就是作品的藝術效果之講求了，那麼，在他將既有的事件（也可能只是杜撰）帶入詩裏的同時，便會特意將本事藉強烈的「激化」乃致「變形」，而轉換成他個人（社會）的理念。有趣的是，這個時候，事件的原形是什麼已不重要，讀者注意的，反而是作品那獨特的見解與理念；這理念又成了作者人格及風格的一環。

我在一篇〈比較苦苓與劉克襄的詩〉的文章裏曾提到：「讀杜甫的〈三吏〉：〈新安吏〉、〈潼關吏〉、〈石壕吏〉；〈三別〉：〈新婚別〉、〈垂老別〉、〈無家別〉。多少也能『嗅』到『安史之亂』的一些戰爭氣息。」然而，對一個有心的讀者或歷史學者而言，要完全了解「安史之亂」，杜甫的詩固然可作爲參考資料，卻仍不如實際去翻閱史册典籍。我們單從〈三吏〉、〈三別〉與〈聞官軍收河南河北〉……等詩收到的訊息與其說是歷史上的「安史之亂」，倒毋寧說是老杜的人格與風格來得恰當。

若一個現代詩人有此基本認知，他將能充分認識自己扮演的角色，而不必悲憐自己對社會的關懷，爲什麼遲遲未能得到「回饋」？甚至還跟讀者的閱讀反應「格格不入」了？

到這裏，細心的讀者應可推出我對所謂「新聞詩」的確抱着相當程度的質疑，除非我們在面對一個寫實性頗強的（社會）題材時，能夠拋開新聞傳播的包袱，眞誠地用文學的方法處理這個題材，並且，將之融化成自我生命的一部分，要不然，詩人的關懷必然遭致隨之而來的挫折、打擊與落空。

這可以說是現代詩人在現代工商業高度起飛的科技社會中所面臨的最大困境。

更麻煩的是，「現代詩」的讀者仍未獲全然肯定及拓寬，這又關涉到現代詩的美學建立問題，自不在我們討論的範圍；不過，身為一個「社會人」的詩人，往往在作品未能達致其所預期的「社會參與行為」時，最後的結果，便容易因此走上街頭，從事實際的「社會工作」了，甚至不惜放棄他的創作。

三四十年代的聞一多是很好的例子。

我並不，也沒有理由反對詩人參與社會；質言之，詩的傳播功能乃藉訴諸情感（情緒）為動力，其實際（現實）的效用當然不如直接訴諸羣眾認同的積極參與行動。我想，作為一個「現代的」詩人應有此起碼的認識。

因此，當我們再回溯題目時，就會發現到一個事實，所謂「現代詩人的現代困境」，實際上又成了一個架空的問題，我是說，一個現代詩人如果有什麼困境的話，也應該是同等於生活在這個時代的每一個「人」，也許他會因有感而「發言為詩」，但寫作出來的「社會詩」也好，「寫實詩」也好，或者「政治詩」也好，從文學史的角度來看，其意義也與「情詩」、「遊記詩」……並無不同。

一個詩人，他與一般人如果有什麼相異之處，主要就在：詩人，他比一般人（或稱社會人），多扮演了一種角色——「文字的」作者。

語言的制約與增強

當佛洛伊德（Sigmand Freud, 1856-1939）的學說慢慢走進美國人民的日常生活的同時，二十世紀另一個在學院派心理學的主流卽是行爲主義（Behaviorism）心理學，一九三〇年後，新行爲主義又發展出三派：㈠正統行爲主義（Formal behaviorism），㈡激進行爲主義（Radical behaviorism），㈢非正統行爲主義（Informal behaviorism）。而在當代美國心理學家中最具影響力的一位，也是當代最有才氣的人類行爲科學研究者卽是激進行爲主義這一派的扛鼎大師：史基納（Burrhus Frederic Skinner）博士。

行爲主義心理學在早期由巴夫洛夫（Ivan Petrovich Pavlov, 1849-1936）和桑代克（Edward Lee Thorndike, 1874-1949）共同完成的古典行爲主義理論中，有兩個很重要的典範：古典制約與操作制約，其基點卽「刺激——反應」（S—R）理論（Stimulate-response theory）；史基納又在S—R上建立了一更爲周延的制約學習理論，其主要理念就是刺激的「增強」（reinforce）。他所發明的「史基納箱子」（Skinner Box）即是有名的制約工具。老鼠在箱子裏學會壓桿取食物的動作，必需經由不斷地增強作用，拉桿與食物獲得的關連形成一個「增強劑」（reinforcer）可說是使老鼠學會拉桿的激素。這激素的效用首先必需確立，如果在拉桿「學習」的過程中有一次得不到食物，則學習便受阻礙；若是接連幾次的拉桿都能爲老鼠解決饑餓問題，那麼老鼠便會很容易「學」會壓桿的動作與反應——只要肚子一餓便會自動去壓桿。行爲主義心理學的理論及實驗範例目前還有很多爭議，這屬於心理學的範疇，自不在此刻我們討論的範圍，但史基納在行爲主義的典範S—R理論上所建立起來的學習理論頗值得我們深思。

首先我們注意，一隻被關進箱子裏的老鼠開始饑餓時，第一個反應幾乎不是去壓桿，而是急得四周亂跑亂撞，或者原地打轉，也可能立在原地嘶叫……，然而種種反應只有在不小心碰到拉桿並因此而取得食物時才會停止；第二次饑餓又產生各種反應，又在碰到拉桿得到食物時停止其他（不安的）反應……，如此反覆數次，老鼠學會了在饑餓時就直接去拉桿，而不再生其他反應，於是，拉桿動作被保留了下來。

現在我們假設「讀者」是一個反應的主體，每篇文學（詩）作品都是一個反應物，我們把舊文學的詩詞歌賦視爲一組相同或類似的反應物，這時，讀者能從作品中獲得精神滿足的期求便自然是一種刺激了，於是我們知道經過幾千年的文學發展，讀者已經「學」會了向舊詩詞歌賦索求精神滿足的「激素」；那麼，讀者在意識中對舊詩詞歌賦的固定反應（認同）以及隨之而來對五四以後所驟興的白話文學（自由詩）之極端排斥也是可想而知的。有一個必需注意的現象，卽自由詩初起時，舊詩詞仍有其增強效用（清末黃遵憲的「我手寫我口，古豈能拘牽」基本上可視爲舊詩詞領域內的新增強劑），其本身仍維持着對讀者的增強力，於是，寫作與閱讀自由詩的便一直只是少數幾個自國外留學回來的人士。本來，要讓新的增強劑爲讀者接受，那麼，必要俟舊的詩詞逐漸喪失其增強作用方得成爲可能，只要新的增強劑不斷給予讀者正面效應，加上當時自由詩已有白話文學（指小說及散文）作爲其很好的語言基礎，這種一新一舊的消長在五四初期或許不太明顯，但爲時既久，讀者的反應自然會從對自由詩的懷疑而趨向接納。可是，實際發展卻不是這樣子，自由詩發展才二十年，李金髮便冒冒失失地把法國的象徵主義（Symbolism）引進來，當自由詩這個新的增強劑尚未定型（創造社的寫實與新月派的格律都試圖從內容與形式上努力）而被讀者全然接受時，便又立卽面臨到象徵派極端不同的增強劑——此時象徵派已幾乎不具正面效應而有點類似懲罰作用，致使讀者對這新的詩體——自由詩產生了嫌惡感。緊接着四十一年「現代派」之後又是一連串西方的各種主義思想流派不斷地被介紹、運（誤）用，更加強了這種懲罰效應。於是，在舊詩體（格律）被打破，而新詩體（語言）猶未定型前，所謂的「讀者」便仍然只是一個神話，這個「讀者」不可能被落實在整個創作的美學（包括再創）範疇，因爲這時，讀者並沒有得到很好（且是正面）的制約（卽使他經過「學習」，但在過程中至今他仍不斷地遭受「懲罰」）。這實在是今天自由詩在讀者羣的拓展方面一個重要的難點，也是爲什麼我對所謂「實驗性」始終抱着質疑的態度！

話說回來，我也不是堅決反對「實驗性」或者西方各種主義思潮在我國自由詩上的應用，說得更清楚一點，我認爲目前自由中國的新詩並沒有能使各種實驗可以成功的情況；在一個制約工具的正面功能尚未確定前，任何「實驗」都是徒然。在 Skinner Box 裏若未能確定一個很好的傳送食物的管道（不一定是拉桿），那麼就不可能要老鼠獲得成功的「學習」。同樣地，若要讓讀者深切認同自由詩或者接受任何「實驗」，則詩一個起碼的語言功能絕不能輕言放棄。我同意蔡源煌先生在其〈人格的萎縮與膨脹〉一文中在舉出葉慈（W. B. Yeats, 1865–1939）的兩行詩句：「身子應和着音樂搖將起來。啊！明亮的眼神，／我們如何從舞認出舞者？」之後所說的：「我們是靠舞者——或者說藝術家——的外在行爲，而不是靠他的心靈狀態來認出他。」換言之，我們是根據詩的文字語言來閱讀，而不是隱藏在作品背後的作者那不可捉摸的理念，這創作理念連作者自身都難以掌握，遑論讀者；職是，所謂作者的意圖又不啻是個神話了。而眞正的意義（不是意圖）只有在閱讀中才能具現。並且讀者據以評斷（或設定）作品意義的一個重要條件（前提）卽是讀者必先要讀「懂」作品，這讀「懂」的基礎就是語言的成規訓練。一個未受過英文訓練的人在面對一篇英詩時，他只有徬徨、狐疑、排斥或者逃避，此時，英詩對他便只具「懲罰作用」，而絲毫不具正面的增強功能。

史基納相當重視「環境」的因素：「一個由野獸養大的孩子是沒有語言的，並不是因爲他的隔離已干擾了某種生長過程，而是因爲他不曾置身於一個語言社會。」同樣地，一個太「前衛」的自由詩不能爲讀者接受，便沒有理由辯稱是讀者隔離了作者，或者讀者自己不長進所致，而是作者的作品擁有一套屬於只有這個作品才有的特殊語言，而這套語言偏偏又是過份地脫離了讀者所能認知的語言系統（環境）之外。由是觀之，就語言的層次而言，提倡明朗的詩人自有一套牢不可破的美學立場。

很可能（我是說「很可能」），我在上面所討論出的美學觀念正是暗含在五千年文學發展底層的一股伏流，而已被我們忽略了很久很久！

（後記）本文所引用參考書目附列於后，請讀者查閱：

㈠Thomas Hardy Leahey, *The History of Psychology*, (University of Virginia, 1980)。

㈡《心理學史》，張肖松編著，國立編譯館。

㈢《行爲主義的「烏托邦」》(*Beyond Freedom & Dignity*)，史基納著(文榮光譯)，志文出版社。

㈣《當代文學論集》，蔡源煌著，書林。

詩語言的一些思考

任何一個文學工作者，其作品所內具的中心理念無論是屬個人（自我）的，抑是大眾的社會的，甚至普遍人性的，他必然都有一個基本的訴求對象——讀者。不管他採取怎麼樣的創作權謀或策略，他也必定在有意無意間牽就了他的讀者羣，當然，這讀者羣的範圍極富彈性，小則一人（比如寫在信上的情詩），大則可推及全世界甚至無限拓寬（如每年諾貝爾文學獎作品的公佈）。

在寫作的同時，作者實際上並不完全在閉門造車，他的周遭存在着無數監視的眼睛，不斷地左右着作者的寫作技巧乃致立意與命題，我的意思並無暗示讀者在整個創作活動中所扮演的角色該是如何如何重要，這反而有點捨本逐末了。我是說，正因如此，有了讀者的「暗地」監視，作者在創作的過程中才能夠有效地克制自己游走的寫作意識，而使得他的創作不會發生偏差，於是，在隨之而來的閱讀裏，讀者閱讀的權益無形中也就獲得了保障。

不論在寫作前後，作者⇅讀者（羣）之間都該是維持着這樣一個平衡的互動關係。

作者與讀者，嚴格說來並非兩個互不相涉的獨立客體，他們在學識、經驗，甚至彼此不同的生活環境上都有或多或少的相似，正是這種相似，才讓閱讀的美學價值較爲落實。

今天我們再次翻讀李商隱的〈錦瑟〉，再次吟詠〈古詩十九首〉時還會得到感動，憑的即是我們的生活（生命）經驗與義山及那些佚名的作者在寫作當時所初具的歷煉有着某種程度的契合。要一個生長在富裕家庭沒有體驗過情感波折的二十世紀的孩子來說，〈錦瑟〉一篇眞有如「天書」，這也是靜安先生在《人間詞話》裏所說的「隔」。

閱歷與情感的相契與否對閱讀的影響其實並沒有前面所說的那麼嚴重，讀古詩十九首，即使沒有相同（似）的成長背景，我們仍然可以從作者在文中特意的安排（arrangement）來組合我們一個嶄新的經驗，依然會感動。我們當然都沒有在太空作戰的經驗，但看過「異形」這部電影依舊會有震撼與駭懼的心理產生，即是因爲我們會被其情節（plot）的特殊設置所影響之故，在觀賞的過程中我們融入了電影。

但，這並不是表示任何作品只要被完成了，被呈現了，被閱讀了，那麼就不可能有什麼閱讀障礙的情況產生，讀者就沒有理由不接受這個作品，也沒有資格否定作品的美學價值，更不能說讀者看不懂是讀者不長進，他應該自行負責。

暫時撇開作品內涵的深刻不深刻，一件作品要在藝術領域內獲有其意義的一個大前提，他必須在語言的運作上與讀者先行取得充分的共識。

老掉牙的一個例子，佛洛斯特（Robert Frost）的詩〈雪夜林畔小駐〉（Stopping by woods on a snowy evening）的哲學意味一直被西方文學批評工作者所津津樂道，其造境幽美，語言明暢，都無懈可擊，但是，若要一個不曾受過英文訓練（或對英文不甚了了）的讀者來閱讀這首詩，他懂不懂？

上面的例子雖嫌極端，卻也是淺顯的暗示。

在文學史的長流中，語言本是變動不居的媒介體，今天，任何研究中國文學史的學者都會振振有詞地舉出中國第一本白話文學作品(散文)——《尚書》，乍見之下，會令人迷惑，《尚書》跟「現代」白話怎麼樣都無法兜在一塊兒，每個人也都肯定《尚書》裏所使用的語言若行之於現代將艱難萬分……；語言的變遷造成了文學史的豐盈，然而，這是不是說，爲了成就文學史的(常態)發展，我們便可以高舉前衛的旗幟而在作品中任意扭曲語言以預示未來？許多時候，所謂「折斷語言（文法）的脖子」、「語言的暴力」都只是使人產生非非之想的「耍嘴皮」。再者，這個被「人工」模造出的預示是否即會如實遵循「前衛」作者的作品而發展？如果能，我們自然樂見；但若不能呢？誰來或者如何來挽救這因「暴力」而造成的正統語言的匱缺？文學史，文學的語言絕不能成爲一賭文學發展的籌碼，否則，任何文學的體式都將成爲一種不可思議的「迷思」（myth）。

我沒有蔑視文學史伸延的意義，我們寧願遵守文學史（語言）的自然而有秩序的變動。

至此，我們深知，生長在同一時代同一環境的我們，「語言」問題原該不會成爲我們（作者與讀者）之間的鴻溝，甚且正因它，我們的情感、情緒或者思想才有溝通的可能。推而言之，自由詩卽使再怎麼不類於傳統詩，但由於它使用了現代我們所熟知的（白話）語言，作爲作者──讀者間往來的橋樑，它有着文學史的意義。

的確，對一個讀者來說，他是必須尊重任一作者的創作立場，他不該排斥任何文學形式，包括自由詩；但，就傳播意義而言，訊息的放送與接收（不是「接受」）原是雙向行爲，絕不只是單純地哪一方尊重哪一方的問題。在作者期許讀者能夠正視他的作品之前，在他提筆要寫下篇章之前，他更需要尊重他生長的語言環境，及語言訓練。一場球賽，雙方都必須恪守（尊重）球賽規則，在規則範圍內，來展現個人獨具的運動天賦及體育藝術。

雅克愼（Roman Jahobson）在〈語言的兩型：暗喻與轉喻〉（Two Aspects of Language; Metaphor and Metonymy）一文開頭提到：「語言的規範淸楚呈示了一個說話者是

依據他既有的語言成規（syntactic system）來選擇並組合字詞成一完整的句子。」正是這種對語言規範的珍視，才使得舊詩在盛唐的高潮過後，仍被斷續地保留下來，也仍有其存在的意義（雖然在現代社會中這意義早已至爲薄弱了）。

我們並不希望自由詩蹈襲傳統舊詩的語言規範，甚至企圖作精神的復辟，因爲這樣一來，文學史傳承的意義便會淪喪。不過，作爲二十世紀現代文學的一脈，我們（自由詩）委實沒有理由惡意背離我們自身所根植的語言系統與環境。

涉江采芙蓉
蘭澤多芳草
採之欲遺誰
所思在遠道

文論三

詩的動作與表現

如果我們說一首詩的意義是建立在閱讀與詮釋的過程裏方才有效的話，那麼，這中間便存在有一極饒深意且值得玩味的問題。

詩大致是以一組或幾組不同或相關的意象組合而成，每組又分別統攝於幾個不同的美感經驗。當我們在閱讀或品誦一件作品時，隨着視覺的移動與一顆善感的心靈交互作用之下，作品的意義乃或價值才慢慢地被有意無意間詮釋了出來。這一段閱讀的過程的確是很神秘的，它溝通不同的意象與美感經驗，好像沒有任何法則可循，其實就有一種可爲憑依的力量穿梭在字裏行間。

這力量，就是「動作」。

當然，「動作」在詩歌裏仍然是藉着語言文字爲媒介而存在，然而當它爲讀者目擊到時，便形成了一具有動感的力量以與讀者的心靈接觸，並造成從一個意象到另一個意象之間的流動而具現一完整的意義。有時它還以一個角色的活動姿態出現，使這角色在詩中成爲一活生生地個體，並因而決定意義的單一或者豐繁。

動作在「詩之美學」上的地位大致是如此。於是我們會問它的本質爲何？它在詩歌作品裏角色的活動中以哪些姿態呈現？這些姿態又如何決定詩的形式呢？這些問題大體是本文所欲探討的對象。至於「嘗試帖」的部分則爲理論的實際應用了。好！現在我們卽刻，從意念出發！

從意念出發

藝術創作的基本質素，也就是推動着整個創作活動的最基本動力，是「意念」。「意念」的重要性在於它能够隨時左右着創作的方向；換句話說，就彷彿一個舵手操縱船的前進，不讓航（方）向偏離作品的主題（theme）。所謂「不講理的創作」並非這裏抓一些意象，那裏抓一些意象，毫無目標、毫無方法地拼湊在一塊兒，像極端地達達主義(Dadaism)份子主張的把一些文字剪下放在帽子裏，任意抽出而排列成「詩」那樣。我們相信一位創作者在提筆之前必然會同時面臨到「表現什麼？」與「如何表現？」的課題，而在他立下了所欲「表現」的對象時，也就同時產生了「意念」，這「意念」並且掌握了「如何表現」所涉及到的技巧與方法問題。

有些人會不相信靈感，但絕無法否認許許多多的藝術作品，其原創的先質體可能微小如砂，卻緊緊牢繫了詩人的意念，無形中圓融了一次創作的活動與過程；所謂「一沙一世界，一花一天國」，僅當靈光閃過的刹那，藝術品的雛型便於焉誕生。這雛型存在詩人的意念中，是模糊的，是飄忽的，還必須依賴詩人（創作者）爲它設定意義後，再緣着一個基本主題，去思考、去逐次地塑造出來。這意義無疑地是根植在這條件上：意念。於是，在這裏我們可以暫時爲創作的整個歷程建立一個粗略的模式：

意念—意義—主題—完成（意義的客觀呈現）

這中間，從「意義」、「主題」以至「完成」的創作過程，也可稱之爲「傳達」的過程。藝術品自身所具有的價值之判斷卽存在在這段極耐人尋味的傳達過程內。若失去了這段過程，那麼，「意念」便無地着根了，藝術的意義乃至價值也就形銷影滅。

像前面提到達達主義者寫的「詩」，或如幾年前有位「藝術家」找來精神病患在無意識狀態下所繪的「畫」那樣，我們憑何鑑賞這般的藝術品？難道還強言辯道「空白就是意念」不成？

如果讓我們也允許這裏的意念包容着「直覺」成份，並持之考察義大利美學家克羅齊(Benedetto Croce)「藝術卽直覺，直覺卽表現」的說法，就會發現是論之病。克氏否認了傳達本身的創造性，從而抛棄了藝術品作爲直覺(意念)存在的依靠(依據)，無異於抛棄美醜判斷的意識與價值。他認爲當你直覺或想像到了——比方說——竹子的存在，而這種存在又包括了形、色的呈現時(我們難以想像沒有形沒有色的竹子)，就已同時「表現」了竹，完成了一次藝術的活動，畫中之竹(或詩中所描寫的竹)只是使已完成的(意中之)竹留下痕迹罷了！我們自然很難認同這樣的說法。

嬰孩看見糖果，會作出取食狀，這時他的確直覺到了糖果的存在：包括形、色、味，但能夠說是他完成了表現糖果這樣的藝術活動嗎？

我們不論克羅齊的美學思想是怎樣地影響了二十世紀以還的現代美學與藝術潮流；卽使超現實(Surrealism)、達達主義所派生的藝術作品以「反意念」、「反形式」爲尙，仍然必須依賴語言形式來傳達他們的主張不可。到這裏，我們大概見出了「直覺卽(藝術)表現」一說的基本缺陷❶，同時無意間也首肯了語言在藝術活動(傳達過程)中的作用。

❶ 請參見朱光潛撰〈克羅齊派美學的批評——傳達與價值問題〉，收於《文藝心理學》一書，臺灣開明書店。

語言（且以前面的模式爲例）是作用在「意義——主題」間以達致藝術品之具現、完成的一個重要媒體（媒介）。既是媒體，則語言的意義便不僅僅止於描述，或者單純地組合所有的意象與美感經驗而已了，它還決定着藝術品中之動作呈現的意義。

亞里斯多德（Aristotle）在他那著名的《詩學》（*De arte poetica*）第一章裏就揭示了詩與模擬的關係。而動作的呈現，在詩中，也是一種模擬（雖然並不唯一），它是以被模擬物（或者作品）的內涵爲對象的。則語言的任務便同時在詮釋這「詩的動作」，使其在眼前躍動，甚且不必經過轉折而直接傳達出作品的內在意識。這樣用來呈現（或暗示）出動作的語言，我們稱之爲：動作語言。

我們先看一個例子，李白的〈玉階怨〉：

玉階生白露，夜久侵羅襪。
卻下水晶簾，玲瓏望秋月。

讀完整首詩，我們沒有聽見任何聲音，然而在詩中主人幾個動作（和景物）的呈現中，我們可以清晰地聽到他（她）那深藏在心底的怨愁的輕歎聲。

再看元稹的〈行宮〉：

寥落古行宮，宮花寂寞紅；
白頭宮女在，閒坐說玄宗。

前三句用了三個「宮」字反襯「行宮」的寂寥與有名無實（「宮」音近於「空」），三個敍述意象並置出來，最後一句「閒坐」與「說（玄宗）」兩種動作便使詩意導向餘味無窮的境界，短短二十字的小詩竟勝過長篇的敍事詩。

以上所舉二例都是有（能夠感受到）明顯的動作在，另外尚有一種是沒有明顯的動作的，馬致遠〈天淨沙〉：

枯藤・老樹・昏鴉，
小橋・流水・平沙，
古道・西風・瘦馬。
夕陽西下，

斷腸人在天涯。

二十八字可以整理成單純的十一個意象之並置，表面上是沒有動作，但仔細審視後，還是有動作的，只是已淪爲形容詞的地位了：「斷腸人」。

「斷腸」兩個字極其重要，它呈現出了「人」的動作自身——是屬於無形的、心理的及意識方面的動作，配上「在天涯」這樣蒼茫的氛圍，便使得前面十個意象的飽和一下子爆發而擴散開來。

像「斷腸」這二字用爲動作自身來圓融意象的語詞，我們稱作「動狀詞」（流水的「流」本身雖是動詞，但它作爲水的詮釋詞時便也指涉了「水流」的普遍意義，故它還是形容詞。這點我們打算在後面的〈嘗試帖之一〉裏再作論述）。而其實「夕陽西下」也可以說是明顯的動作，不過在此曲中成爲環境（environment）的一部分，與其前的九個意象共同組成「斷腸人」的語言環境。白樸也有一首同樣曲牌，同樣內容的小令：「孤村落日殘霞，輕烟老樹寒鴉，一點飛鴻影下。青山綠水，白草紅葉黃花。」命意造語和馬東籬的〈秋思〉極爲類似，但評價卻不如馬作。主要在白作僅在單純寫景，沒有成功的動狀語詞，比較可能成爲動作具現的「一點飛鴻影下」嵌在中間，最佳效果竟不過點綴當作裝飾而已，與前後十一個意象共同作爲整個畫面的環境，單調而空洞。

到此我們可以認定任何一首（好）詩都不能缺乏動作的表現，儘管它可能僅是詩中人物的行爲行動（一舉手，一投足），或者化爲動狀詞來指涉（大部分是）名詞的地位與狀態。無論是行爲、行動，還是動狀詞都必須藉着語言的媒介形態表現出來，成爲前面我們所謂的「動作語言」。然而，動作語言的眞實意義爲何？它只是在呈現出「動」的狀態而已嗎？「靜」能不能成爲動作的一部分？動作語言與一個完整的傳達過程之間，其關係如何？下面我們將繼續討論這些問題。

動作的意義

對於動作的定義我們曾經將它界定在行爲行動與動狀詞的表現上，這種界說有一個優點，它不但呈現了事物（自不限於人物，亦包括鳥獸沙石等其他生物無生物）的動作，也同時表現出事物的性格與品貌。再舉前頭三個例子說明：〈玉階怨〉的主人可見是憂怨的性格（雖然作者沒刻意點出怨字）；〈行宮〉的宮女，白頭說着玄宗，可知元稹筆下的宮女正是玄宗朝以來僅存的碩果，她們閒坐着聊起玄宗——這位富傳奇色彩的人物，我們便概能感受（由詩裏所透出的隱隱訊息）到這些「寂寞」宮女的晚年生活型態以及她們的心情；從〈天淨沙〉中，我們藉「斷腸」這動狀詞再往前回溯所有的意象與環境，便能够輕易地領略那個「人」的淒涼身世與生活背景，而無須作者再費篇幅來介紹這人爲什麼斷腸？或者再對其以前是怎樣怎樣的大加描述與說明了。

然而，細心的讀者會發現這樣的說法仍然有其缺陷。行爲行動到底只是整個事件的小單元，雖然我們冀求它能成爲事件的核心。例如「閒坐說玄宗」的「說」是核心的行爲單元，而「玲瓏望秋月」的「望」是行爲單元卻非表怨的整個事件之核心。動狀詞則是一種現象的傳達，建立在動作的基礎上，畢竟還侷限在一字一詞（多半是名詞）的效果。

這二者（行爲行動與動狀詞）所決定的動作只能適用在體製短小的抒情詩與敍事詩。由於中國文言詩中所特有的接連語法與綴段結構❷，使得每字每句之間都形成強烈的張力與嚴密性，任一字任一句的更動皆能影響全詩。此時，行爲行動與動狀詞便決定了整首詩的架構，甚至成敗。

可是，這樣的界說若搬到長篇體製的敍事詩史詩，或者發展日益蓬勃的現代詩中便嫌不

❷ 對於中國文言詩的結構之論題，請詳閱葉維廉著《飲之太和》，時報出版公司。

足。

敍事詩（epic poetry，包括英雄詩與史詩）的故事主題卽包涵了各種各型不同的事件，也包涵着形形色色的人物。若我們把敍事詩裏的背景看作一個舞臺，那麼，許多人物在這詩的舞臺上產生各種事件的充分必要條件就是：衝突；旣有衝突，當然就會有行爲行動，而且不少，遑論動狀詞的運用了。現代詩，則不但在內容上往來古今，追天入地，題材較以往擴大許多，形式上也打破了傳統句法與押韻格律的束縛，更由於晚近各種主義流派的興起以及各種試驗的提出，其所涉及的問題益爲駁雜（不只是動作方面的問題）；體製上，長短相去十萬八千里。長可長到幾千行而不關任何衝突，短亦可短及幾個字僅勾勒形貌者。遇着這些情況，我們勢必得尋求另外一種定義不可了。

姚一葦先生在他〈戲劇的動作〉❸一文中以爲「戲劇的動作應該包括兩個基本的要素：第一，它必須是戲劇的結構的核心部分，是一切情節、人物、語言所模擬的對象；第二，它必須是完整的，從一件事的發展的系列上或過程中來把握的，所以必須有開始，有中間和結束。」姚先生所言雖是戲劇的動作，但仍可應用在大型的敍事體長詩上，除了戲劇（劇本）

---

❸ 此文收於姚一葦著《戲劇論集》，臺灣開明書店。

是代言體，可在舞臺上搬演外，敍事體詩與戲劇在本質上是沒有什麼不同的。只是敍事詩在時間與空間的流動上較戲劇爲自由；它們都同樣着重在事的始末。

因而眼前的一篇長詩，我們如何斷定其動作的所在？關鍵便在其敍事的主題上，首尾是否完整含括了始、中、結的過程？這個過程是不是整首詩的結構的核心部分？兩項條件是缺一不可的。

以《施善繼詩選》❹這本書爲例。選集裏所收的十六首詩中可看出每首都有敍事的企圖，然而眞正有敍事動作之結構的大概只能算〈早覺會的女士、先生〉、〈醒醒、小張〉與〈左轉迪化、右轉酒泉〉三首了。

得過中國時報敍事詩獎的〈小耕入學〉，與另一首命意相同的〈小耘週歲〉，實則皆非敍事詩，因爲兩首詩只是一種意念的鋪陳與表達而已。

羅門的〈海邊遊〉❺也是有着淺淺的敍事結構。詩分四節，始（第一節）、中（二、三節）、尾（第四節）都齊全了；但動作部分只存在一、四節，而二、三節則仍是其自然觀的具現。

---

❹《施善繼詩選》，施善繼著，遠景。

❺此詩收在張默編《七十一年詩選》，頁二七九，爾雅。

林承謨的〈送你一把牛糞〉❻是一首很傑出的敍事詩，作者藉第一人稱的敍述來表達「親愛的兄哥」如何用三十年的光陰歲月，奔波爲領一張簽證，「到美洲到新大陸」的過程，全詩的敍事動作也在述說中漸漸開展。

一篇長詩的動作大致就按着這樣的方式去尋溯。然而長詩中動作的有無實在並不像舊體的格律短詩那樣可以決定着詩的優劣好壞。有的單是一個意念之鋪陳的長詩也同樣感動人，例如前面提到的〈小耕入學〉與〈小耘週歲〉其感情之眞摯每每令人咀嚼再三。

如此說來，長詩的動作有無似乎就很難作爲價值判斷的依據了？其實，我們仍然可以這樣說：單是一個意念之展陳的長詩，並不容易成爲好的詩。

而對於〈小耕入學〉與〈小耘週歲〉兩篇詩；這裏也可同時提出一個值得思考的問題；它們能不能用比原詩較爲短小的型式來表現相同的意念呢？如果可以，短小的型式是否可能更好？（請思考這問題！）

上面討論了格律詩與現代長詩（也可含括舊體格律中的長篇敍事體如〈孔雀東南飛〉與〈長恨歌〉等）裏的動作形態。

---

❻ 此詩收在林承謨著《白烏鴉》詩集，頁一四九，蘭亭。

此外，對於屬短篇體製（我們可暫時界定在三十五行之內）的自由詩或十六行之內的小詩（按羅青先生的界說）之動作型態，我們仍可以緣用行爲與動狀詞兩種具現方式來進行討論。格律短詩與現代短詩（尤其是小詩）除了韻不韻的差別外，在表現的方法與技巧上實則並無不同，當然格律詩是着重在文言的呈現，而自由詩則是現代白話語言的呈現，這是不能否認的。

現在我們將以上論述的各類詩體之動作型態（卽其意義）重新整理使更爲清晰，然後再繼續進行我們的討論。

㈠格律詩

1 短篇（絕律）——行爲行動，動狀詞

2 長篇（敍事）——動作主題

㈡自由詩（新詩）

1 短篇（含小詩）——行爲行動，動狀詞

2 長篇 A（敍事）——動作主題

B（意念）

談到「靜」。

美國的戲劇理論家貝克（George Pierce Baker）在其所著《戲劇藝術》（*Dramatic Technique*）一書中論到戲劇的動作，除了身體的動作外，提出了心靈的動作。認爲心靈的動作同樣可以引起觀眾情緒的反應和變化。哈姆雷特（Hamlet）沒有做出任何動作，只是靜靜地坐着，獨白：「生存還是毀滅……」（To be or not to be）這時最可能使我們同情，使我們感動。

跟着他又提出了「無動作」的動作，認爲在某一種情況下，一個人一動也不動，不僅身體沒有活動，心靈也沒有活動，也可以引起觀眾的情緒反應。這與梅特林克（Maurice Maeterlinck）在一八九六年說的話遙相呼應：「……假定一個老人，坐在沙發上，旁邊擺着一架燈臺，他很耐心地坐着。將圍繞他家裏一切的永久法則，交給無意識的兩耳；在無知無識之中，解釋了窗門的靜寂和一切光波聲浪；垂着頭聽任他靈魂或命運的出現。……我以爲這個老人雖然毫無動作，但實際上他的生活，比較殺了情婦的情人，戰勝了強敵的將軍，或者『爲自己名譽而奮鬪的丈夫』的生活，更爲深刻，更爲普遍，更近人情。」❼

大體上，貝克劃分的三種動作裏頭，後兩種都可歸「靜」類，但其本質的不同亦導致了

❼ 同註❸，頁四五。

價值的相異。「心靈的動作」是一種靜，這種靜是必有着「身體的動作」爲前提的，它可以成爲這前提的結果或者內涵、內在意義，或者就引導下一個「身體動作」的「心靈動作」，於是成爲一段完整動作的重心。這樣的「靜」理當是動作，至少是動作的一份子。

「無動作的動作」也是一種靜，但這種靜不同於前段所述的「心靈的動作」。因爲它沒有「身體的動作」爲前提，或者後設以詮釋其意義。它一開始就是空白，結束也是空白。那老人不以動作表現他所想的，如何教觀眾相信他「垂着頭」就表示他正「聽任他靈魂或命運的出現」？因而這種靜是無法成爲動作的，它僅僅是空白。

甚至可以說是無意義的空白。所以，眞正的「靜」——在戲劇上來講——應是貝克所列之「心靈的動作」，是動作。更確實點說，是用以表現出一個動作的整體效果與內涵及其意義的。

東坡有詩云：

欲令詩語妙，無厭空且靜。
靜故了羣動，空故納萬境❽。

---

❽〈送參寥詩〉：「欲令詩語妙，無厭空且靜。靜故了羣動，空故納萬境。閱世走人間，觀身臥雲嶺。鹹酸雜眾好，中有至味永。詩法不相妨，此話當更請。」

「靜」能呈示「動」的意義內涵，「動」亦能反襯出「靜」的現象與精緻。簡單的例子如王維的〈鳥鳴澗〉：

人閑桂花落，夜靜春山空；
月出驚山鳥，時鳴春澗中。

表達「靜」與「空」的十五個字中，就用了五個動作：閑，落，出，驚，鳴。沒有這五個動作就表現不出夜的靜與春山的空來，同樣地，沒有靜與空，便托不出動作的柔雅。在這裏，讀者已很難分辨何者是「動」？何者是「靜」了？因爲它們已成功地溶爲了一體，缺一不可。

有句格言：「沒有礁石，便激不起浪花。」可以說明靜與動作的關係；礁石固定在那裏好比「靜」，大海、河泉的流動好比「動作」，而美麗的浪花則好比二者交會的結果，也是其效果最完美的呈現。

準此，我們概可了解「靜」與「動」的血緣關係是如此地親密，於是，我們也有理由同時將前面所設定的「任何一首（好）詩都不能缺乏動作的表現」這句話補充爲更完整：任何一首（好）詩都是「靜」與「動作」的完美組合，它們相輔相成，因而相互發明。

「靜」，大致是指詩中角色——動作的主體——的暫止行爲；或者角色在其與環境相較時所呈顯的靜止狀態；注意這是相較，相比較之下的狀態，是如風雨中的寧靜之一般。而非一潭死水那樣地沒有生命，沒有能成其爲鑑賞客體的情感基礎。一片空白的所謂「藝術」擺出來，除了形成空間與時間的浪費外，較好的情況則是：令人啼笑皆非了。空無一物的畫展，只有標題而沒有內容的詩，或者一堆機械在舞臺上擺了幾分鐘而忝顏稱之「表演」的戲劇活動……，現代藝術之戕害，實莫此爲甚！

到此我們更加明瞭了靜作爲動作地位的眞正意義，它可以是動作的一部分，或者就是動作；那是就其先確立了作爲「靜」的基本立場，再與「動作」相交溶而積極產生的藝術效果，然後獲致眞正的地位與價值，這一連串必經的關卡而言。這也才是最實在的活動歷程。

現在討論到動作語言與一個完整的傳達過程之間的關係。也許我們還得從「象徵」說起。

詩，在本質上是一種象徵的藝術。因爲詩人永遠不可能爲其表現的對象作鉅細靡遺的描寫，即是長篇的敍事詩也不可能，連小說家都難以把一件戰事之始末作全然不缺的描敍，何況是着重「咏吟諷頌」的詩歌呢！

了解這些困難，詩人只好善加利用象徵的手法了。

象徵好比一個人的影子，我們描寫這個影子來指涉它的主人，但事實上，這個影子雖是只屬一個人的，但其形狀卻也可以相同於或者類似於其他人的影子。於是，當描寫出一個影子時，這影子便可能（也必定）具有其他人的形貌，如此一來便造成了它的繁複性（意指其詮釋結果）。對於一首詩來講，其象徵的作用也同樣具有多義性質。

象徵的道理、手法以及作用，對於詩人作家或者任一有過相當創作經驗的讀者，相信是不會感到陌生的。

姚一葦先生在〈論象徵〉❾一文中將其討論的重點劃歸三大類：

第一，自原始的象徵到現代的象徵——象徵的符號性。

第二，自局部的象徵到整體的象徵——象徵的比喻性。

第三，自簡單的象徵到複雜的象徵——象徵的暗示性。

---

❾ 此文收於姚一葦著《藝術的奧秘》，臺灣開明書店。

不論一件藝術作品在時間上與空間中的地位如何，假使我們肯定了象徵所具的傳達責任，那麼，無疑地，這傳達過程所賴以憑依的工具便是動作，是動作的語言，也是動作的表現。

有關於象徵的各種面貌，本文雖無暇兼及（姚先生的討論想已足夠了），但對於象徵與動作的關係，姚先生的意見還可以再舉出來作爲補充：

> 藝術家在它的藝術品中所建立的象徵的世界是一個動的世界，亦是個活的世界；雖然他們不是存在於眞實的世界之中，但在意念或想像的世界裏，他們是活生生的。因此他們不能只活在一些靜態的描畫中，而係通過一連串的有組織的邏輯的發展的行爲中而體現出來。……象徵的世界只能表現於象徵的動作的建立上；而象徵的意義亦只能通過象徵的動作來把握；個別的象徵的事物或人物的意義亦惟有依附於這一象徵的動作才能體現出來。因爲惟有通過這一完整的動作才能具現一個完整的意義；局部的象徵唯有構成整體的象徵中的一個環節時才是有意義的⑩。

⑩ 同前，頁一五四—一五五。

於是，我們了解到動作是象徵的基礎。如果動作可以完成詩人的意念世界，則象徵好比一個傳達站；動作語言（詩人的位置）藉着象徵來濃縮其世界，表現其世界，而世界（讀者的位置）亦藉象徵來認知其動作與動作語言。這一段詩人可以與讀者作精神上往來的過程就是一個傳達的過程，當詩人的意念世界能夠很圓滿的被表現出來時，則是傳達工作的完成了。

這時，我們可以很明顯地看出動作語言與一個完整的傳達過程之間的關係了，它們是因果的關係。動作語言是因，傳達的完成是果。

之所以說動作語言是因，不但據其傳達完成的前後性，也在於讀者可循此動作考察其表現，晉而作為判斷作品價值的準依；繪成關係圖如下：

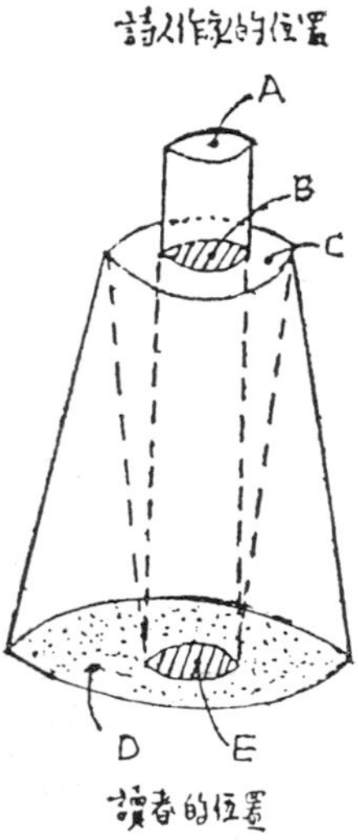

A是動作語言，B是象徵，這裏我們可以很淸楚地看見二者的關係，C是作品，D則是作品所表現出的詩人的意念世界，即傳達工作的完成。

E是因表現與傳達工作的不完全而致失敗的情況，讀者所能够體認到的只是作家所欲表現之意念世界的一小部分；這可能緣自作者本身鍛字的技法，導致動作的雜亂模糊，或者也可能是作、讀者間語言、思想的距離問題……，諸多原因，不及一一申述。

上面的簡圖雖然不是很理想，但在某種程度上或可幫助我們了解從動作到表現的傳達過程及其間的關係。

明朗與晦澀

詩人在面對創作客體時，也就是在他創作之前的那一段凝視與冥想過程中，他不但思考着對象的特質，也思考着表現的方式；哪些特質能够代表對象的全部？哪些最精簡的質素可以含括創作客體的所有？什麼樣的方式除了能够呈現內容，還能暗示最豐富的言外之意？這就是本文開頭所說詩人面臨的「表現什麼？」與「如何表現？」的課題。

本來，詩人有其充分的自由來選擇表現的方法，因爲他有他自己的語言程式，這全然自足的語言程式便形成了獨有的風格。每個人，每種不同的風格，共同織構出一繁麗的詩之諸貌。

然而，讀者和詩人是不同的個體，創作的認知系統事實上也很難與欣賞時候的讀者認知系統完全扣合無間，因此詮釋出來的欣賞世界便與作者及其作品的意念世界產生了差異，這差異是難免的，只是或多或少的問題，前面的簡圖所以不很理想，因爲它沒有，也無法把這差異很準確地勾勒出來。

詮釋差異的難免，並不意味作品表現的放縱，更不代表寫作者可以無拘無束地任意揮灑成「詩」，至少他還要服役於意念之下，一個（對他而言）很明確的意念之下。這意念可能是感性的，譬如在高山上俯瞰山下的人世，遠眺羣峯，覽目雲海，而生的壯麗美；也可能是理性的，譬如對哲學的思考，或者對經濟、社會、教育以及政治的理念。當意念發爲創作時，必然是得受知性來駕馭的，這知性又關涉到詩人自身獨有的語言程式與風格了。

肯定了意念，肯定了不同面貌的語言程式，二者所營建的作品可算是完整了。接下來，我們觸及到的就是作品的形式了。這也是我們現在要討論的重心所在。

詩，不論它是屬於哪一種體製，形式上大致可劃歸兩類，一是明朗，二是晦澀（這是形式上的區分，並不意味價值的判斷）。

二者表現形式的差異，其實也就是：詩動作的差異而已。當然，詩動作的呈現型態是會因詩人的語言程式而有所不同的。有的詩人喜歡以明朗的動作來架構其明朗的詩世界，有的詩人則擅於運用晦澀的動作技巧來指攝多層面的意念與想像。各人所憑以表現的手法不同，緣自不同的氣質，不同的風格，不同的理論派別系統，這原是無可厚非的事。

我在〈評析洪國隆的二首詩〉一文⑪裏曾經提到「若詩人備以傳達的意念太過豐富，相對於既定的形式，隱蓄性地晦澀的表現手法就有其必要。而這種手法所具現的動作常常是超越了我們現實的經驗以致很難爲一般讀者所理解（懂）所接受是意料之中了。但是，明朗的手法也不是全沒有危險；『流於白水』便常成爲明朗詩風爲評家所譏之弱點。」從拙文中大約可以了解了明朗與晦澀的相異點。以下我們將爲二者作進一步地分析。

先論明朗。

明朗詩的動作是在我們的經驗之內，或者能被我們理解與接受的經驗之內，說得更具體些，即一首詩所「演」出的鏡頭，那鏡頭裏面角色的動作能被讀者輕易地理解，而不需要透過思考（對那動作而言）或者下意識（unconscious）的模仿而來。

---

⑪此文發表在七十二年十二月十二日《商工日報・春秋副刊》。

明朗的動作必定具有前後的傳承性與邏輯性，是一串相關的動作之密切結合。而這樣的結合是爲了傳達意念的，至少要能表達出動作的目的（卽使是很單純的目的）。對於詩來講，動作除了要具現其表面的目的之外，更要能够烘托出，要不就暗示出其明朗後面的深刻內涵，深沉地自省（合稱爲意涵），這意涵是只能被讀者隱隱感覺得到的，進而感動讀者；如斯明朗的動作，讀者若不願，或不曾去細細玩味咀嚼的話，那麼，他所得到的，往往只是浮面的現象而已。因此，對於一般汎稱的明朗詩而言，最重要的，不是去安排日常的生活於詩中，而是如何透過藝術的處理使「在這種清新的風格中釀出豐美而脫俗的意涵」。這裏我們可以舉郭成義的〈挫敗的人〉⑫爲例：

女兒睡着了
在妻的兒歌剛剛哼完
而該我講的童話
還沒有開始的時候

---

⑫ 此詩收在張默編《七十一年詩選》，頁六三，爾雅。

女兒毫不掛慮的睡着了
我愛憐地
伸手撫摸她
溫暖的小臉
卻突然驚醒

只模糊的叫我一聲
媽
女兒又睡過去了

我只好
向着妻溫軟的肉體
慢慢靠近

這首詩裏的動作是絕對能被理解的，雖然讀者當中不見得都有結過婚，有過妻子的經驗，但仍然無妨於我們去體會一個「挫敗的人」在夜晚不眠而又疲累的經驗。大概讀過這首詩的，總沒有說不好的，也沒有不被那幾個簡單動作所傳出的一種「受挫折」的經驗所感動的。眞要說出這首詩的好處，卻又說不上來，因爲這首詩背後還包含着一股豐厚而難以言說的感情。

在我國較早的詩歌傳統（尤其是民間詩歌）裏充滿着這一類明朗而抒情繾綣的詩篇。詩三百、古詩十九首的作品，篇篇佳作，至今每每吟來，仍能感覺那些香甜，淡淡地清涼，並未因時間的益久而消失。個人以爲，現代詩所該接受並發揚的傳統，實在應是這種明朗、健康、活潑以及抒情的傳統才是。

當明朗的動作背後是一片空洞時，顯然，這動作只是爲完成一個目的而動作，目的完了，也什麼都完了，頂多加一兩句警語聊爲結束。而沒有留下可供繞樑的餘音回味，這就是「流於白水」。

流於白水的詩即是只有外殼而沒有內涵的詩，這種詩是「僞詩」。說理的宋詩之所以難登堂奧其因在此，嚴羽《滄浪詩話》云：「本朝（指宋朝）尙理而病於意。」李東陽《懷麓堂詩話》云：「宋人於詩無所得。所謂法者，不過一字一句雕琢之工，而天眞興致，則未可與道。」陳子龍與人論詩則云：「宋人不知詩而強作詩，其爲詩也，言理而不言情，終宋之世無詩。」這些非難宋詩的說法雖不定然盡括有宋一代，但主理的詩若未善加處理而流爲說教，卽使其理明白，動作清晰，也難成佳作則是不爭的事實。

晦澀詩！

晦澀的動作是超越我們現實經驗之外的。讀者不能理解這些動作（因非他們平常能够直接間接經驗得到的），往往第一個反應就是拒絕，因而同時也就忽略了許多好的晦澀詩，說來這也不能怪讀者，史賓塞（Herbert Spencer）在他的《文體論》開端曾說：「對於領會和了解一句說話，其所需之時間與注意愈多，則對於理解此句所含之觀念，所能分出之時間與注意便愈少；而對於所傳達之觀念，亦因之而愈趨薄弱了。」⓭任何一首晦澀詩對於任何一位讀者而言都會遭遇這種情況，祇是程度的大小不同。這實在是很矛盾而無奈的，某些意念是必須以晦澀的動作來表現的，卽使那意念很單純。例如，洛夫的〈石室之死亡〉的第一首：

祇偶然昂首向鄰居的甬道，我便怔住

⓭ 此段我借用了趙如琳先生的譯文，請參閱其著《戲劇藝術之發展及其原理》，頁一六四，東大。

在清晨，那人以裸體去背叛死
任一條黑色支流咆哮橫過他的脈管
我便怔住，我以目光掃過那座石壁
上面即鑿成兩道血槽

我的面容展開如一株樹，樹在火中成長
一切靜止，唯眸子在眼瞼後面移動
移向許多人都怕談及的方向
而我確是那株被鋸斷的苦梨
在年輪上，你仍可聽清楚風聲，蟬聲

一開始讀者也給怔住了，首句預示著發展的脈絡，一「怔住」，讀者便會同時期待可能來的變局，可是接下來一連串驚心晦澀的動作，的確是把讀者難住了！裸體怎樣去背叛死？什麼是黑色支流？又怎樣咆哮橫過脈管？掃過石壁的目光怎麼可能鑿成血槽？樹哪會在火中成長(即使面容與樹的並比能夠建立)？什麼是許多人都怕談及的眸子在眼瞼後移動的方向？

被鋸斷的苦梨？年輪上的風聲蟬聲？

這些動作實在是超出讀者的認知經驗之外太遠了，因而一般比較粗心的讀者還未來得及「感動」便慨然排斥。不能理解詩動作，自然無暇兼及其意念與意義了。卽便願意去思考，讀者也很難（但並非不可能）完全吸收消化那些晦澀動作的訊息乃至去詮釋它。

「死亡」這個意念雖然本身很單純，但其所指涉的意義很廣，若以明朗的動作來勾勒「死」的面貌則難以達致其所能夠指涉的意義之飽和。用晦澀的動作來呈現與暗示多層意義的手法卻又不能爲一般讀者原諒。縱使對於較細心的讀者像批評家而言，也是很困難，很苦澀的工作。於是這種「認知悲劇」便一直成爲詩人與讀者中間的一環死結。

其實上面所舉的〈石室之死亡〉，雖然動作是晦澀的，很難詮釋。但只要靜心去讀，相信都能被詩人所渲染出的那種「死亡」的氣氛所震撼。從這一角度來看，也未嘗不是〈石〉詩的成功處了。

然而，問題還在。對於一個晦澀詩的作者，或者一個以超現實（surrealism）、象徵派（symbolism）等晦澀詩風自許的詩人，如何明確傳予讀者一個可供欣賞的依據呢？除了上例〈石室之死亡〉之以氣氛來渲染而達致的讀者感應效果（卽被「死」的氛圍所震懾）外；只有勉力營造一抒情的晦澀動作了，這種晦澀動作如果運用得好，不但能成功傳達詩人的情感，且還能同時釀出一難以言詮的「言外之意」的境界。甚而造成語言的「出位」現象⑭。

鄭愁予有很多晦澀詩都能極爲成功地傳達這種抒情效果，例如〈燕雲之三〉寫西山霽雪的一首：

依然是那一列城堞
將久年的灰
石印在藍天的這一邊
而藍天的那邊
遠山欲溶的雪有些泫然

顯然，雪的泫然與久年的城堞是有着關連的，但爲什麼呢？藍天的這邊與那邊，這裏的城堞與那裏的遠山，其間蘊藏的抒情天地頗値得我們反覆品味的。

作爲一個超現實主義詩人，商禽在這方面無疑是成功的，我們看他〈天河的斜度〉之一

⑭ 請參見葉維廉提〈『出位之思』：媒體及超媒體的美學〉，收於《比較詩學》，東大。

段：

祇一夜，天河
將它的斜度
彷彿把寧靜弄歪
而把最主要的
一片葉子，垂向水面
去接那些星

到這裏，讀者身臨的是一片詳和的世界，所感到的，是美，是無言的化境，而不會再去問「什麼是天河的斜度？那片葉子又是哪片葉子？」了。

當然，有更多失敗的晦澀詩，它們或因技巧的缺乏，鍛字與句子的提煉不够，動作的組織力不嚴密，或因意念本身的玄奧又不能貫徹……，導致作品所呈現的世界籠統蕪亂，而充滿着病態。

一首好的晦澀詩其表現大致如上所述。於此可知，要寫出晦澀的詩雖然容易，但要寫得好可就不容易了。因爲，晦澀詩的眞正價值並非表面那些眩人的動作，而是那些動作背後深藏的無限的沉思與心靈，與生命。（其實明朗詩的價值也何嘗不是如此呢？）

一般而言，詩大致可區分成明朗與晦澀二類，但這也祇是「大致」上的分別，並非可作爲絕對的二分法，至少就還有兩種情形是沒有，也無法有明朗與晦澀之分別的，也許可以稱之爲「中間類型」吧！

第一種是明喻。卽有「似」、「如」、「像」、「若」、「猶似」、「猶」等作爲限制比喻用的繫詞。例如：

落花猶似墜樓人⑮

因爲「墜樓人」只是作爲詮釋「落花」的喻依（喻詞），我們若要考察其明朗或晦澀，勢必要把重心擱在「落花」上的。

第二種是詩中角色的說話（包括對話與獨白）內容，例如這首題爲〈忘情花〉⑯的詩例：

---

⑮ 杜牧詩〈金谷園〉：「繁華事敗逐香塵，流水無情草自春。日暮東風怨啼鳥，落花猶似墜樓人。」

⑯ 此詩原刊於《藍星》十一號，六十九年四月出版。爲〈祭情二首〉之一。

你走的那晚，後院的曇花開了。
母親說：曇花是吃齋的，屬於涅槃科，學名叫忘情。妳折下來熬碗冰糖去，可以生
津，可以止咳，最重要的是可以使妳心潔氣清，更接近涅槃。妳取去熬
了……

內容是附屬在說話這個動作之下的，整個內容就是說話的整個過程的一部分(或全體)。因而「吃齋的曇花」雖是晦澀的動作，但也只是指涉內容，而不是整首詩。

以上兩種情況之外，另有一種「典故的運用」之情況，是必須有賴讀者的思考與判斷的。

因爲運用典故能否天衣無縫地使其成爲詩動作的一部份，或者僅爲單純地「搬弄」典故，應該是決定着明朗或者晦澀的依據。然而兩者的分野在哪裏？往往是必訴之於讀者的詮釋觀點與角度的。

典故的問題之需賴讀者的思考與判斷，其道理在此。

列論了詩動作的明朗與晦澀之後，現在讓我們將前面的討論簡單整理於下，作爲這一單元的結束：

明朗詩——動作：經驗之內——優點：清新的風格與脫俗的意涵——缺點：容易流於白水，僅呈示浮面現象——難學而易工。

晦澀詩——動作：經驗之外——優點：意涵的豐富與言外之意——缺點：容易流爲眩人耳目與文法邏輯的蕪亂——易學而難工。

中間類型——㈠明朗　㈡角色說話的內容　㈢典故的運用。

嘗試帖

接下來兩個單元，我們將以前面的討論爲中心軸，「嘗試」從動作的角度及觀點來檢視王國維在《人間詞話》裏提到的「隔」與「不隔」，並扼要討論詩劇在舞臺上搬演所需具備的動作條件與其效果。

之一・「隔」，與「不隔」

爲方便說明，我們有必要先把王靜安所舉「隔」與「不隔」的例子整理臚列出來⑰：

㈠隔：

⑴姜夔〈念奴嬌〉、〈惜紅衣〉二詞（三十六則隔霧看花）

⑵「二十四橋仍在，波心蕩，冷月無聲。」——姜夔

⑶「數峯清苦，商略黃昏雨。」——姜夔

⑷「高樹晚蟬，說西風消息。」——姜夔

⑸梅溪

⑹夢窗

（⑵，⑶，⑷，⑸，⑹皆引自三十九則）

⑺延年詩

⑻山谷詩

⑼「謝家池上，江淹浦畔。」——歐陽修

⑽「酒祓清愁，花消英氣。」——姜夔

（⑺，⑻，⑼，⑽皆引自四十則）

㈡不隔：

---

⑰《校注人間詞話》，徐調孚校注，漢京。

(1)陶謝詩

(2)東坡詩

(3)「池塘生春草」——謝靈運

(4)「空梁落燕泥」——薛道衡

(5)「闌干十二獨凭春，晴碧遠連雲。千里萬里，二月三月，行色苦愁人。」——歐陽修

(6)「此地。宜有詞仙，擁素雲黃鶴，與君遊戲。玉梯凝望久，歎芳草，萋萋千里。」——姜夔

(以上(1)至(6)皆引自四十則)

(7)「生年不滿百，常懷千歲憂。晝短苦夜長，何不秉燭遊？」——古詩十九首第十五

(8)「服食求神仙，多爲藥所誤。不如飲美酒，被服紈與素。」——古詩十九首第十三

(9)「采菊東籬下，悠然見南山。山氣日夕佳，飛鳥相與還。」——陶潛

(10)「天似穹廬，籠蓋四野。天蒼蒼。野茫茫。風吹草低見牛羊。」——據《樂府詩集》第八十六卷

((7)，(8)，(9)，(10)皆引自四十一則)

二十條例子裏，有三條涉及了典故的運用問題，需賴「讀者的思考與判斷」，因而我們先暫且抽出來；這三例是：隔例裏的⑵，⑼，不隔例裏的⑹。

王氏的「隔」，就是我們說的「晦澀的動作」；持以檢視⑶，⑷，⑽的「隔」句，我們發現這三個例子的動作的確不是現實裏的。⑶中，用擬人的「清苦」來形容數峯，並說它們正商略着（準備着、醞釀着）一場黃昏雨。⑷中，晚蟬當然不會「說」西風消息的。⑽之例，清愁與酒，英氣與花，全然不是現實（寫實）的關連，因此，這兩句的動作是晦澀的，是隔的。卽使我們看⑵裏的「冷月無聲」（先不說二十四橋的典故），冷不冷，有聲無聲，做爲動作（無聲）或動狀詞（冷）來指涉月的意象時，自然就沒有普遍意義了；正如我們在最前面所曾舉過的馬致遠的〈天淨沙——秋思〉例中的「斷腸」人，它們都不具有普遍性，所以它們都可列入「隔」的例子裏，因爲它們是晦澀的動作。

再觀其「不隔」，這不隔卽是我們的明朗。⑶，⑷不用說，是我們能够直接、間接（透過電影的畫面、幻燈片、相片、書卡……等等）經驗得到的。⑸，⑺，⑻，⑼，⑽，或寫情，或寫景，都因了其描寫範圍在我們的經驗世界之內，所以，表現出來的意象與美感經驗，便令人覺到「語語都在目前」了。卽便我們看⑹裏的「玉梯凝望久，歎芳草，萋萋千里」（若不說及費文褘登仙乘鶴的典故）也是舒情明朗的聲音。

在論及整個的作品中，王氏只提到了白石的〈念奴嬌〉與〈惜紅衣〉二闋⑱，兩闋都是寫荷之作，王氏並以之與周邦彥〈蘇幕遮〉的「葉上初陽乾宿雨。水面淸圓，一一風荷舉。」作比對，說是讀白石二詞有「隔霧看花之恨」。

其實只要稍用點心，就知道王氏的「隔霧看花」並不一定就是「隔」，因爲，「隔霧看花」指的是作品的全體呈現的形象而言。

---

⑱〈念奴嬌〉（予客武陵，湖北憲治在焉。古城野水，喬木參天。予與二三友日蕩舟其間，薄荷花而飲。意象幽閒，不類人境，秋水且涸，荷葉出地尋丈，因列坐其下，上不見日。清風徐來，綠雲自動，間於疏處窺見遊人畫船，亦一樂也。趨來吳興，數得相羊荷花中。又夜泛西湖，光景奇絕。故以此句寫之。）：「鬧紅一舸，記來時，嘗與鴛鴦爲侶。三十六陂人未到，水佩風裳無數。翠葉吹涼，玉容銷酒，更灑菰蒲雨。嫣然搖動，冷香飛上詩句。日暮。靑蓋亭亭，情人不見，爭忍凌波去。只恐舞衣寒易落，愁入西風南浦。高柳垂陰，老魚吹浪，留我花間住，田田多少？幾回沙際歸路。」

〈惜紅衣〉（吳興號水晶宮。荷花盛麗。陳簡齋云：「今年何以報君恩？一路荷花，相送到靑墩。」亦可見矣。丁未之夏，予游千巖，數往來紅香中。自度此曲，以無射宮歌之。）：「簟枕邀涼，琴書換日，睡餘無力。細灑冰泉，幷刀破甘碧。牆頭喚酒，誰問訊城南詩客？岑寂。高柳晚蟬，說西風消息。虹梁水陌，魚浪吹香，紅衣半狼藉。維舟試望故國。眇天北。可惜渚邊沙外，不共美人遊歷。問甚時同賦，三十六陂秋色？」

周邦彥的〈蘇幕遮〉分上下二片，上片寫景，下片寫情；而王氏所舉的「葉上初陽乾宿雨。水面淸圓，一一風荷舉」是在上片的後三句，正所以點出了「荷之神理」。反觀同是寫荷的白石二詞：〈念奴嬌〉與〈惜紅衣〉；兩闋正文一百八十八字竟無一字點出「荷」字者，僅僅着意在一些不定的聯想性意象。如果不看其序，根本就無從得知其所抒者何？當然，全篇讀來也就會有「隔霧看花之恨」了。

白石詞之所以會造成「隔霧看花」的現象，或者是因其詞「常常有時空交錯模糊的寫法，有點近於現代的意識流散文，任意的讓心象隨處呈現，錯綜迷離」⑲的關係吧！那自當是另一種評價。

此外，有兩點值得我們注意：

第一，在同一闋詞中，有同時論及「隔」，與「不隔」的地方，如四十則所舉歐陽修的〈少年游〉與姜夔的〈翠樓吟〉二闋卽是。這說明了王氏的隔與不隔之用法正不同於三十六則論白石詞所用的「隔霧看花」，因爲「隔霧看花」是針對作品呈現的全體形象，而隔與不隔則重句例的動作形象。因此，靜安若再論及美成同一闋詞（〈蘇幕遮〉）裏的「鳥雀呼

---

⑲ 見朱昆槐選註之《春夢秋雲・詞選》，頁二一八，長橋。

晴，侵曉窺簷語」時，定當批爲「隔」句了。

第二，在三十六則後，三十七則與三十八則都沒有提到任一「隔」字；而緊接着三十九則論白石詞的三例，才說到「如霧裏看花，終隔一層」。我們可以得這樣的推論：「霧裏看花」是句子的隔（晦澀動作）所產生的必然結果，如三十九則、四十則與四十一則裏所提到的。但是，「隔霧看花並不一定就是隔」，或者更確切點說，隔霧看花的詩詞並不全然是「隔」，因爲一闋詞裏亦可能有明朗而不隔的句例。

其他，王國維論及他對詩人的個別印象，也用了「隔」與「不隔」；比如，說梅溪、夢窗寫景（注意，是寫景）之病，皆在一「隔」字（寫景主要重在明朗，故曰其病）；說陶謝之詩不隔，延年則稍隔矣。東坡之詩不隔，山谷則稍隔矣。這些是王氏對詩人所有作品的「總」的概念，誰多用了晦澀（動作）的技巧？誰多用了明朗（動作）的技巧？如是種種，正如我們今天會說洛夫的詩晦澀了，隔了，說羅青的詩明朗了，不隔了，說（以漢廣詩社爲例吧！）孟樊的詩太晦澀，說林承謨的詩太明朗……，而這些，「隔」，或者「不隔」都難以，也無法統攝詩人所有的作品一樣。因而，這裏且允許我們就不再對王氏所言及的詩人印象作深入地討論了。相信文學史對他們自有公正的歸劃與定論。

自來論王國維的隔與不隔，多爲其境界說，造境寫境，或者有我無我的論點所牽絆。因爲詩話體的批評多是筆記式的批評偶拾，我們很難肯定說它有前後相貫且完整嚴密的理論架構與體系的（當然這並不意味價值的褒貶），唯有從其文字中間略思其不規則的批評理念而已。歷代詩話如是，《人間詞話》亦當作如是觀。

這一單元的目的卽本此認知，嘗試以「動作」的觀點重新檢討隔與不隔的問題，當然希望這也是新的角度了。

之二・詩劇動作略說

詩劇，大體上是由「詩」與「劇」兩個元素組成，詩是（說話）語言的範疇，劇則屬動作（包括情節、主題）的範疇。我們的討論卽沿着這兩個部分進行。

一齣戲劇裏的說話（對話），其語言與其關涉到的動作（行爲行動），往往有着一來一去的因果關係。當劇中演員說：「把鈍劍給我們拿來。」（《哈姆雷特》，第五幕第二景），這時，他必然會作出一種期待握一柄劍的動作，以指示對方取劍。於是，像這樣，說白便與期待的動作有了預料中的承接關係。李爾王(King Lear)到最後那句極其悲慟的話：「你不會再回來了，永不，永不，永不，永不，永不！」("Thou'lt come no more, /Never, never

never, never, never!”）是在經了一連串的打擊挫折（近因則是其三女考地莉亞的死）之後所發出的深沉哀歎；這時，前面的動作（不論是事件的始末，抑是考地莉亞的死）便成爲李爾王發此句的因了。

戲劇的對話與其動作是因果相承（默劇我們後面會提到）的。有了這層認識，我們即可從而推知詩劇裏的語言與其動作（角色的行爲行動）也必有因果的關係。在一般的散文劇（prose drama）裏，人物角色所具現的動作即其行爲與行動是日常化或生活化了的，它跟其說話的關係是不必經過思考與代換過程，是一看便知的，這種行爲行動我們稱之爲：散文動作。散文動作的例子在多數舞臺劇中隨處可見，在此就不一一贅舉了。

那麼在詩劇裏呢？一般在詩劇（poetry drama）中呈現的動作，其型態不一。當然，詩劇仍然可以保持適度的散文動作（尤其在對話爲散文語言時）。然而在詩劇裏，另有一種特殊的動作呈現方式，這動作與其所屬的說話間可能缺乏直接聯想，而其所具現的也不如散文動作的明朗（此明朗之動作自不同於我們曾經討論過的詩之明朗），可能需要思考去進行轉換的過程，而在此轉換中所呈顯的意義便有了多義性，這種在舞臺上所具現的動作很接近舞蹈效果，但也不是全然的舞蹈，它主要用以彰顯情緒或者情感，我們稱之爲：詩舞動作，可見諸我們的第一條分類，現在我們就把詩劇劃分成四類來進行我們的討論。

第一類：詩（poem）、韻（verse）與散（prose）合流

事實上全以詩語言爲主的戲劇並不多，詩劇多還是朝着詩語言與散文語言的路子，這時候，散文動作（散文語言時）與詩舞動作（當詩語言時）的區別最是明顯。

例如七十二年十二月初蘭陵劇坊推出的詩劇「代面」即是，劇裏詩語言的運用只在高殷和李后的獨白與對白中，其餘「除了斛律的話以比較流暢的口語寫成，許散愁和高寅的話多襲用了傳統歷史劇的成語。」[20]因此，比較之下，便可見高殷與李后的詩語言之特色。再加上導演所運用的合唱隊（或幫腔隊），更襯托出劇裏的詩舞動作。譬如，高殷在本劇開始時吟誦的詩：「我的心像黑夜一般的陰森而果斷／一下子就吞噬了光明的白晝／我覺得刺骨的冰冷在我的血管中流動／我覺得罪惡的烏煙在我胸口燃燒……」，這時高殷是半面面向觀眾席左邊的上方，手臂半張在胸前的動作；又如高殷在向李后訴說他夢見江南的荷花時，合唱隊所呈現的擬荷的動作……，都是很成功（至少不算失敗）的動作表現。

在「詩散合流」一類裏的動作（詩舞動作），大致就以「代面」爲代表。

---

[20] 見馬森撰〈蘭陵的火花——評『代面』的演出〉，七十二年十二月八日《中國時報・人間副刊》。

第二類：純粹詩劇（詩與舞蹈合一）

雖然全以詩語言爲主的詩劇不多，但仍然有這類的劇本在着；朱介英的《囚室》㉑就是最好的例子，在這齣劇裏完全沒有散文的說話，而全以詩語言出之，同時配上演員的舞蹈，無論視覺或聽覺的效果都達到了相當地飽合。

《囚室》裏的「人物」有三個：希望、失望、死亡，分別代表了三種抽象的意義，頗類似十五、六世紀間流行在歐洲的「道德劇」（Morality Play），但是，劇中的賓白運用極少，僅第六幕的「審判」爲例外。這種詩劇由於必需要求演員的詩舞合一，確實是很難在對話的動作上把握完全，衝突也就降至了最低，因而也就流於文人案頭劇（Closet drama）的擺設㉒。

如何克服這些障礙，正是「純粹詩劇」所面臨的一大課題。

第三類：默劇（Mime）

㉑ 朱介英《囚室》，故鄉出版公司，六十八年三月三十日出版。

㉒ 楊牧寫的《吳鳳》（洪範版）一劇基本上也屬純粹詩劇，但此劇除了詩舞合一外，也溶合着歌、樂與少部份的詩舞動作。

默劇的動作是藉「模擬」（imitate）來完成喜感的效果，這種動作不是詩舞動作，但絕對是屬於詩的，因爲默劇動作的運用成功，可以生發極深的內涵。

比如七十二年十月間來臺表演的法國默劇大師馬歇・馬叟（Marcel Marceau），其最教人難忘的大概是題爲「面具製造者」的那段了。面具製造者急欲把那副笑臉面具摘掉，卻越是摘不下來。馬歇・馬叟表演得太好了，觀眾看到的雖是演員臉上模擬出來的笑臉面具，卻同時能感受到隱藏在笑臉之後的那副痛苦的感情。這段默劇所呈示的內涵是太豐富了，它不啻是人性的深刻寫照。

這是單人的表演方式，所以缺少人物之間的衝突。有人物衝突的默劇的例子可以去年實驗劇展中小塢劇場所發表的「黑暗裏一扇打不開的門」爲例。

藉着默劇的方式刻劃兩名囚犯（或心靈的自囚者）從敵意、欺壓，到在貧瘠荒涼的獄中（或土地上）建立起友誼的過程。

這裏的默劇動作正是我們曾努力討論過的明朗動作，它跟詩舞動作的不同點在於詩舞動作若除去它的詩語言便失其意義，要不就造成晦澀的動作。而默劇動作本身是獨立於語言之外的，它的動作呈現很快即進入精神認知的範疇。所以，在此我們也肯定默劇是詩劇的一類。

第四類：詩（語言）與默（動作）合流

在這裏，詩的語言與默劇動作是能溝通卻又分別獨立的兩型，在舞臺上，說話者在舞臺的一邊，默劇演員在另一邊，動作呈示說話難以克盡的內涵以及補足對話的可能單調；說話則用以結構情節。

筆者在某次暑期自強活動的晚會上，曾將羅智成的長詩〈問聃〉㉓改編為一齣獨幕短劇。開始是老者與少者的對話，隨後是一演員在舞臺的前方以默劇方式呈現老少對話裏所涉及的哲學理念與時代的迷惘。這時，默劇動作的功用可彌補因對話的過份詩化而造成的晦澀的缺陷。

這是詩劇的第四類。

以上四類是我們就詩（語言）運用的不同來劃分的。下面我們將從劇（即包括有始、中、結完整主題動作）的角度簡要地來看詩劇的動作。

一般散文劇無論發展得多長，必定（至少）有一完整的事件與情節。而在詩劇裏正可容

㉓此詩收於其《傾斜之書》詩集，頁八〇，時報公司。

許有一相反的動作（這裏的動作即姚一葦先生所言的「戲劇動作」）發展，可能它僅是一意念的具現在舞臺上（如「囚室」），可能是意識流（Stream of consciousness）所呈現的方法技巧（如果有的話），也可能是荒謬劇（Absurd Play）非關任何情節及意義的戲劇動作。

荒謬劇的重點不在以事件來呈現主題或意義；它們寧願落爲虛無（Nothingness）。例如，貝克特（Samuel Beckett）的《等待果陀》（*Waiting for Godot*）一劇，果陀始終未現身，這是希望與等待的荒謬。再如尤涅斯柯（Eugene Ionesco）的《椅子》（*The Chairs*）一劇，老夫婦間矛盾無意義的對話與荒謬動作（行爲行動），種種表達了生存的荒謬。

簡單勾勒了詩「劇」的主題動作之後，還需要聲明的是，這樣的劃分並非是絕對的，只是方便我們了解詩劇與散文劇的本質。

這一單元，我們僅就詩劇的「動作」部分略說其梗概，自難免掛一漏萬之處。詩劇在舞臺上搬演所需具備的條件當然並不僅僅是動作而已。此外尚有語言問題、燈光效果、舞臺設計乃至於服裝的問題等等，這些也都是影響着詩劇能否成爲舞臺表演藝術的重要因素，原該是値得再以另一篇論文詳細討論的。直至目前，詩劇猶是待開發的藝術礦源，證諸戲劇史，當無需贅辭了。

結　語

對於詩歌（包括詩劇）「動作」這個論題的研討，到這裏，想應大致有了明確的輪廓（雖然還未盡善），爲使論點清晰，本文因此把握着兩個方向作爲構成這篇論文的核心：一是行爲行動，一是主題動作，以爲釐清藝術作品裏的動作成份，從而界定有關「動作」之批評的依據。兩個論據實並非全然對立而不相干的，相反地，它們也如前曾討論過的「動與靜」，是相輔相成而且相互發明的，這在戲劇（特別是詩劇）的表演中最是清楚。

復次，還要說明的是，本文主要希望建立屬於中國詩歌的「動作論」，所以除了詩劇部分的討論，因爲目前自由中國詩劇創作尚未發展成熟，舉例時難免旁涉西洋戲劇的例子之外，在詩詞這方面的例舉，全以我國既有的作品爲範例，目的無非在爲自由詩的風貌反映中國古今一貫的詩歌精神與傳統，或者會有未能周延的地方與偏失，也許該說「動作篇」僅只是一個全新角度的提供吧！

與時間決戰

臺灣新詩刊四十年奮鬪述略

五〇年代

一九五六年元月十五日，以紀弦爲首的現代詩社在臺灣臺北成立的當天，舉行了一場隆重的慶祝大會，加盟者共八十三人，後來發展到一百一十五人，幾乎囊括了當時臺灣本地大多數的知名詩人。

古繼堂在他的《臺灣新詩發展史》❶中對紀弦曾做過如下生動的描寫：「紀弦高興得手舞足蹈，據說他在會上朗誦自己的詩作時，興奮得從桌子上跳上跳下，表現出久已期待之宏願得以實現後的激動心情。」❷

事實上，紀弦的「現代詩社」在五〇年代並非第一個成立的詩社，不過，由於紀弦是大

---

❶《臺灣新詩發展史》，古繼堂著，文史哲出版社。

❷同前，頁一〇四。

陸來臺的詩人中第一個創辦詩刊❸的現代派詩人，對於當時可謂猶是一片文學處女地的臺灣而言，紀弦確是有着一分期盼，當這分期盼成爲詩社創立的事實之後，紀弦的痛快感除了古繼堂那段描寫之外，還有意無意地表現在其詩文中，如一九六七年所寫的〈自祭文〉他便這樣說自己：「你是這個時代的鼓手，你是開一代新紀元的中國詩的大功臣，你是文學史上永不沉落的一顆全新的太陽。」❹他的詩〈狼之獨步〉：

我乃曠野裏獨來獨往的一匹狼
不是先知，沒有半個字的歎息
而恆以數聲淒厲已極的長嗥
搖撼彼空無一物之天地
使天地戰慄如同發了瘧疾
並刮起涼風颯颯的，颯颯颯颯的

---

❸ 紀弦曾在一九五一年十一月借《自立晚報》版面開闢「新詩周刊」，至一九五三年九月，發行了九十四期後停刊。

❹ 本段轉引自《臺灣新詩發展史》，頁碼同❷。

這就是一種過癮

詩中紀弦以狼自喻，如果把「曠野」及「空無一物之天地」看成當時臺灣的文學界或社會，便不難想像紀弦的企圖：紀弦雖不以「先知」自詡，但他應該也清楚，國民政府撤守本地的最初幾年，許多事亟待收拾及重整，文學（尤其是自由詩）推展的條件很爲拮据，就看誰能夠率先整合文藝力量，就等於拔得了頭籌；而自從紀弦在《自立晚報》上開闢「新詩周刊」後，其開拓者的地位便隱然成型了，一九五六年的詩社成立大會不過只是其成果的具體展示罷了。

整個五〇年代，詩刊的出版是以三個詩社爲主力，除了已提到的「現代詩社」外，尚有一九五四年三月成立的「藍星詩社」及一九五四年十月的「創世紀詩社」；在這段時期，能够支援自由詩運動的社會經濟環境回顧起來是很令人沮喪的。一九四九年政府遷臺之初，眞可謂百廢待興，在飽受戰火摧殘的環境裏，八百萬軍民的生活與近百萬大軍的戰力（從當時的口號「反共抗俄」可略知我們處境之艱苦與尷尬），都要仰賴這天然資源並不豐富，而只有四分之一可以耕作的海島來維繫。除了天然資源之外，臺灣原有的一些工業設備可資利用的所剩無幾，自大陸匆匆遷來的一些輕工業設備也十分有限，最足以利用的生產資源，也就是這八百萬人力了❺。更重要的是，五〇年代的臺灣由於物質供應難以滿足需求，發生了龐大的國際貿易赤字，根據統計，一九五〇年的貿易赤字高達三千一百萬美元，即便到一九六〇年，國民政府所持有的外匯資產仍還不及當年貿易赤字的半數，僅足以維持一、兩個月的進口之需。

引述這些資料對我們理解五〇年代詩刊出版的坎坷情形是有幫助的。

據張默回憶《創世紀》創辦的過程：「有一天傍晚我在高雄大業書店翻閱一本散文集《三色菫》，眼眸一閃，從書中某些篇章突然跳出創世紀三個字。當時對這三個字特別喜愛，於是興起了辦詩刊的念頭。第二天我到海軍印刷所去估計，三十二開本，三十二頁，一千册，大約印刷費是四百元（舊臺幣），是我當時月薪的三倍。於是我找了好幾位同事打了個會，就這樣決定把這個詩刊辦了起來……」❻。由於張默、瘂弦、洛夫皆是服役海軍的軍人，生活之清苦是可想而知的，有時刊物印出來了沒有錢到印刷廠去取，張默爲它當過腳踏車，瘂弦爲它當過手錶，同仁們瞞着太太、丈夫把修房子的錢、孩子的奶粉錢和醫藥費都交了印刷

❺ 請參見《中國論壇》三一九期，海峽兩岸社會文化變遷研討會專刊，馬凱論文〈臺灣經濟發展經驗的回顧〉，頁一二八，一九八九年元月十日出版。

❻ 請參見《張默自選集》，頁二八六，黎明出版。

費；這種情況在「現代詩社」和「藍星詩社」那邊可能會較好一點，原因是他們的成員多，出刊資金的來源較爲充裕，除去「現代詩社」的一百人之外，「藍星詩社」的成員，也從最初的七人（覃子豪、鍾鼎文、余光中、夏菁、蓉子、鄧禹平、司徒衛）慢慢增至二十五人，其中鍾鼎文還是國大代表！而《創世紀》一直到一九五九年四月第十一期改版之前，仍維持着「三駕馬車」的「壯烈」陣容。但這裏所謂「好」也祇是比較上的，其實，就連《現代詩刊》及《藍星詩刊》的出版（想當然也包括發行），也未必順利。這得回到五〇年代臺灣的社會狀況來看。

五〇年代，臺灣（國民政府）所面臨到最大的政治與軍事壓力主要是來自中共，臺灣本地表面上雖維持着平和成長的態勢，但與中共的軍事衝突卻是從未間斷，「古寧頭戰役」和「八二三炮戰」不過是其中犖犖大者，之間還有無數起小戰役。這些戰火，尤其是古寧頭與八二三，所帶給本地人民的衝擊，不能說沒有，特別是那一系列的土地改革及第一期經濟建設計畫；對當時正慘淡經營的詩刊（或文學刊物）多少有着影響，再加上包括倡導「橫的移植」的《現代詩刊》及與之對立的《藍星》，乃至鼓吹戰鬪詩與「民族詩型」的創世紀所呈現的作品，在在都脫離了人民切身的生活範疇，或那個時代普遍的生活層面，讀者羣便一直維持在詩人之間，詩刊印出也多半分贈給詩人友朋了。

在這些情況下，紀弦當年的意興風發，甚至隨之而來的自負，的確是可以理解的。本來，在三家詩刊鼎立的五〇年代詩壇，還有一個變數，我沒有拿出來討論，那就是日據時代便已從事詩創作的本土詩人；自光復以後，這些老一輩的詩人羣開始面臨一個很大的問題，也即語言問題。由於國府遷臺後，大力推行國語運動，這些被稱爲「跨越語言一代」的詩人，除了繼續創作日語文學或俳句之外，他們還必須被迫更爲現實地學習國語，並也學着以國語來進行文學創作……，因此，也就便宜了「現代詩」、「藍星」及「創世紀」馳騁的五〇年代，獨獨缺了本土詩人的聲音。

遲至一九六四年六月十五日，才有這些「跨越語言一代」的詩人如巫永福、陳千武、張彥勳、陳秀喜……等人重新整合了本土詩人的力量，再加上白萩、趙天儀、李魁賢、非馬……等新生代（就當時而言）組成了迄今仍引領着本土文學運動的——《笠》詩刊。

關於《笠》詩刊的意義及其影響，留待六〇年代的部分再行討論。

在五〇年代，詩刊的創辦既是如此困難，借報紙或已有的刊物版面開闢新詩園地也不失爲一個辦法。除了前面所提到紀弦在《自立晚報》開闢的「新詩周刊」外，尙有一九五四年六月，覃子豪借《公論報》副刊版面開闢的「藍星詩周刊」，同屬「藍星關係企業」的《文學雜誌》上的「詩專欄」及《宜蘭青年》的新詩園地。

此外，羊令野、鄭愁予與葉泥於一九五六年也借了嘉義《商工日報》開闢「南北笛詩刊」，多少對臺灣五〇年代後期的自由詩風潮有相當程度的貢獻。

六〇年代

由《現代詩》、《藍星》、《創世紀》管領風騷的五〇年代，事實上仍然是以紀弦創辦的《現代詩》爲主，而《藍星》詩社由於沒有統一的宗旨，各人按照自身的條件和才能自由發展，因此，無法表現出一個整體的力量。《創世紀》的主張在五〇年代也幾度更易，第四期的「戰鬪詩宣言」，第六期的「新民族詩型」的提倡，都顯示着《創世紀》仍然在摸索他們的方向，直到一九五九年四月，《創世紀》第十一期出刊後，才眞正壯大起來。蕭蕭在〈創世紀風雲〉[7]一文中稱六〇年代爲《創世紀》的黃金時期，並不誇張。

到了六〇年代，《現代詩》便已日趨沒落了，一九五九年紀弦將《現代詩刊》主編一職交給黃荷生而退居幕後，《現代詩》就一直在苦撐的狀態下掙扎，到了一九六二年二月，四十五期出刊後終於宣佈休刊。其原因按古繼堂在《臺灣新詩發展史》的說法，是其「作爲一

---

[7] 該文發表於一九八一年八月十九日—二十一日，臺灣時報副刊。

個詩人羣和詩歌社團，由於缺乏統一的認識和藝術志趣，帶着過多的加盟入股的色彩，缺少連接心靈的紐帶，自成立那天起就過於鬆散。加之紀弦『六大信條』並不是經過所有盟員或大多數盟員共同制訂或表決通過的，基本上是紀弦自己的詩觀和藝術趣味的反映，因而對大家只有影響力，而無約束力，基本上沒有起到盟綱的作用。」❽無論如何，《現代詩刊》的風雲時代到此算是結束了，「現代派」❾這一脈香煙就要等到《創世紀》開始「強調詩的世界性，強調詩的超現實性，強調詩的獨創性以及純粹性」❿之後，正式接了下來。

《創世紀》成爲現代派的大本營，之於往後詩壇的影響恐怕還是在其對「超現實」的強調上，尤其在第十六期加入的「強力」新編委商禽（羅馬）、葉維廉搭配原來的「三匹馬」後，眞正成了超現實在臺的「代理商」（也許品質已變了）。

我們可以說六〇年代初的詩壇仍然被一股晦澀的氣氛所籠罩着，《創世紀》這麼做，有其不得不然的時勢因素。因爲五〇年代的政局並不明朗，臺海兩岸風雲詭譎多變，「三駕馬車」的三匹馬都是海軍軍人，感受到的那種戰鬪氣息與背負整個民族存亡關鍵的責任自然高

---

❽ 同❶，頁一二二。

❾ 泛指《現代詩刊》、《藍星詩刊》及《創世紀詩刊》所建立起來的詩風，在五〇年代，它們主導了整個詩壇。

❿ 蕭蕭在〈創世紀風雲〉所引張默的話。

過於《現代詩》與《藍星》的成員，旁的不說，我們試舉《創世紀》創刊號的發刊辭〈創世紀的路向〉所標明的三條主張來看：

1. 確立新詩的民族陣線，掀起新詩的時代思潮
2. 建立鋼鐵般的詩陣營，切忌互相攻訐造成派系
3. 提攜青年詩人，徹底肅清赤色黃色流毒

如果我們去掉第三條的「提攜青年詩人」，把新詩一詞換作「我們」或者其他更鮮明的類似字眼，便會發現這三條主張無異於一篇軍事性的文告。我這樣說，並沒有抹滅《創世紀》的努力的意思；只不過，我更想說的是，當我們考察一個文學團體的主張或運動時，很難（也最好不要）把它當做一個別的孤立事件（事實）來看，如果從它發生的時代背景來深入，或能得致一較清晰的視野。誠如法國著名的社會學家涂爾幹（Emile Durkheim）所認爲的：「從歷史上看，個體意識來自歷史本身的發展。」⓫事實上，這也是本文一貫着力的

⓫《涂爾幹社會學引論》，頁三二，朱元發著，遠流出版，一九八八年十月二日臺灣初版。

重點。

有了這樣的共識，當我們再把焦點拉回來六〇年代，便可理解到爲什麼《創世紀》會在《現代詩》及《藍星》衰落後，稍做改版，卽搖身一變，成爲「現代派」的掌門人了。畢竟這不能不歸因於八二三之後，兩岸軍事緊張氣氛的逐趨和緩。

不過，我們也該同時顧及到正由於兩岸政局的穩定，使得六〇年代，國民黨更能專注於嚴密地控制臺灣本土⑫，這其中又以一九六四年臺灣軍管區的成立爲代表，多少顯示着知識分子（包含作家詩人等文藝工作者）有志不得「明」伸的困境；比較著名的例子像雷震從籌設「中國民主黨」（一九六一）到被捕入獄，殷海光撰文抨擊國民黨濫權而被革去臺大教職，臺大政治系教授彭明敏和他的學生謝聰敏、魏廷朝起草〈臺灣人民自救宣言〉而遭逮捕判刑，以及柏楊因爲翻譯「大力水手」漫畫文字涉嫌「侮辱元首」也被逮捕下獄……等等。從《創世紀》對「超現實」（臺灣晦澀詩的濫觴）詩風的發揚，國民政府對學術（當然也會影響到文學）界政策的緊縮兩個層面來看一九六二年七月十五日《葡萄園》與一九六四年六月十五日《笠》詩刊的創刊，便能立刻察覺到它們在現代詩史上所代表的意義。

⑫同⑤，張忠棟論文〈國民黨臺灣執政四十年〉，頁六四。

明朗，是《葡萄園》二十七年來一直堅持的創作路線，該刊現任社長文曉村說：「當《葡萄園》創刊之初，正值現代詩的晦澀風雲像低氣壓一樣，籠罩着臺灣詩壇的天空，現代詩幾乎已經失去多數讀者的同情，遭受許多批評和責難，陷入孤絕危險的境地，如何挽回現代詩的聲譽，重新贏得讀者的心，讓詩在讀者的心靈中發光發熱。這種隱然的，歷史的使命感，便在我們心中升起。」⑬也正如他們在〈創刊詞〉所提出的主張：「我們希望：一切游離社會與脫離讀者的詩人們，能够及早覺醒，勇敢地拋棄虛無、晦澀與怪誕；而回歸眞實，回歸明朗，創造有血有肉的詩章……從而使現代詩植根於廣大讀者羣中，完成詩美化人生與淨化心靈的使命。」

引述的這些文字有助於我們了解《葡萄園》當年力敵晦澀詩風的梗概，不過，現代詩之沒有讀者實在不能單單歸罪於晦澀詩風，它涉及到整個文化與教育背景的不協調（此點容後再論），因此，文曉村的一番話，最多只能顯示一家看法，而不可用來統攝現代詩的成敗功過，這點是我們必須注意的。

可惜的是，爲明朗而明朗的詩不容易寫好，一不小心就成了白水，或散文的分行，《葡

⑬〈葡萄園二十年回顧〉，原載《大學雜誌》一七七期。

萄園》二十七年來所留下成功的詩篇並不算多，如文曉村的〈迴響〉那樣凝鍊的明朗詩便益覺可貴了：

我聽到一種聲音
從我的窗外
輕輕的叩喚
便悄悄地推開小窗
向外張望

但見一隻小小的翠鳥
掠過杜鵑花叢
飛向山前
那一片相思林間

《葡萄園》詩刊品質的改善，還是要等到吳明興接編後，加強其理論部分並改名為《葡萄園詩學季刊》才得落實，不過，那是八〇年代以後的事了。

一九六四《笠》詩刊的出現與《葡萄園》雙雙打破了《創世紀》獨霸的局面，它們表現出的風格皆相反於現代派的晦澀，大體上，我們仍可把《笠》的精神視做明朗的一支，不過，《笠》比《葡萄園》要更積極地強調現實主義的色彩。我們節錄該刊在十五周年時出版的同仁詩選序言中可看出他們的傾向：「以臺灣歷史的、地理的與現實的背景出發的，同時也表現了臺灣重返祖國四十多年以來歷盡滄桑的心路歷程……站在我們的島上，我們擁有個人內在證明的心靈世界，也體驗羣體生活中令人心酸與感動的歷史的偉大形象。我們歌唱着我們最熱烈眞摯的情淚心聲。」⑭

值得注意的是，《笠》同仁中除了非馬外，其餘皆清一色爲在臺灣土生土長的詩人，特別是被稱爲「跨越語言一代」的前輩詩人，他們經歷過日據時代、光復初期（包括迄今仍不時被拿出來談的二二八事件）及國府遷臺後實施的各種政治經濟改革政策，對這塊土地的認同比起「現代派」，甚至《葡萄園》來得更爲深刻直接，從陳秀喜的〈我的筆〉一詩中多少可反映出那一代本省籍詩人的心情：

---

⑭ 《美麗島詩選》，一九七九年六月出版。

眉毛是畫眉筆的殖民地
雙唇一圈是口紅的地域
我高興我的筆
不畫眉也不塗唇

「殖民地」、「地域性」
每一次看這些字眼
被殖民過的悲愴又復甦

數着今夜的嘆息
撫摸着血管
血液的激流推動筆尖
在淚水濕過的稿子上
我寫着

我是中國人
我是中國人
我們都是中國人

整個六〇年代，有幾個事件值得我們注意，首先是一九六二年臺灣電視公司的成立，以及大同公司開始生產電視，帶給我們的一個主要影響，即是資訊的圖像化，從此我們對天下大事的認識多了一項更有力的憑藉：錄影。它比起文字（文學作品，或報刊上的文字報導）的敍述所帶給人們的印象更具說服力，這不啻給原本即不活絡的詩刊造成了負面的衝擊；但在另一方面，一九六八年九月國民教育的開辦似乎又帶來了兩個正面的衝擊點，第一是使文盲人口大幅降低，不過就這點而言，它的影響可能要到七〇年代才能彰顯出來，第二點，國中課本上開始選錄自由詩，楊喚的〈夏夜〉及余光中的〈鵝鑾鼻〉，這兩首詩的品質雖不甚佳，但起碼使青少年對自由詩有了具體的認識，我相信，當今詩壇受過九年國教的年輕一代，絕大部分的第一次接觸自由詩即是從國中階段開始。即便你隨意抽問任一個年輕人知不知道有哪些自由（現代）詩人？他們多少也聽過楊喚、余光中，甚至葉珊（雖然是以散文〈料羅灣的漁舟〉被選入）等人。

教育水準的提高，及文盲人口的降低，雖然不見得能促銷詩刊，畢竟資訊媒體的發達總是搶去了詩刊乃或文學雜誌的風采及魅力，但它們仍有一個重要的正面影響不能忽視——直接促成了七〇年代、八〇年代的年輕詩刊紛紛如雨後春筍般地出現！

七〇年代

時序進入七〇年代；臺灣的貿易收支已經由入超轉爲出超，出口值比進口值多了兩億美元，這個趨勢雖然仍遭逢到一九七三及一九七八兩次能源危機的變數，但影響似乎並不大，臺灣的對外貿易迅即恢復了強勁的上升，甚至到了一九七九年，我們的對外貿易竟突破三百億，躋身世界第十二大貿易國；在社會建設方面，一九七二年，蔣經國出任行政院長，開始推動十項建設，並首先着手興建南北高速公路，一直到一九七八年高速公路完成通車，對臺灣日後的經濟成長有着更顯著而直接的助益。

提出這些經濟成長的數據，當有助於我們了解爲什麼在五〇、六〇年代不甚風行的詩人結社辦詩刊的活動到了七〇年代會成爲一種「風氣」？七〇年代新興的詩刊我們隨手可以數得出來的便有如下數十家：《水星》、《龍族》、《暴風雨》、《主流》、《後浪》（亦即《詩人季刊》之前身）、《大地》、《海鷗》、《秋水》、《草根》、《大海洋》、《綠地》、《匯流》、《詩潮》、《掌門》、《風燈》、《詩脈》、《小草》、《消息》、《天狼星》、《腳印》、《陽光小集》……。

除了拜經濟起飛所賜之外，正如我們在討論六〇年代時所提到過的，教育日漸的普及多少也促使一般人對自由詩有了基本的認識（也許不見得認同），寫詩，是一個很好的，也是很主動的方式，於是幾個人連合起來辦詩刊，發表作品，便彷彿成了一種「時尚」。

復次，由於寫詩人組詩社，基於對詩的熱誠及隨機性⑮的成分很大，加上並不怎麼愁經費的來源，因此，詩刊一時之間雖然很多，但相繼覆滅者幾佔十分之九，且日後仍堅持寫詩的詩人，坦白說，也不多。

撇開這些不談，如果我們稍微留心的話，會發現一個現象，七〇年代興起的這些詩社不但年輕，也多是由當時才二十來歲的年輕人所組成，呈現出來的生命力雖不如同時代仍繼續發刊的前輩詩社如《創世紀》、《笠》、《藍星》、《葡萄園》那樣沉穩，而是顯得相當活潑勇敢；因此，他們的持久力便難免有所欠缺，除了《秋水》迄今仍定期出刊外，泰半早已停刊了。不過，可貴的是，也是在這年代，由這些年輕詩刊留下來的文獻其豐富是不下於過

---

⑮ 這裏的「隨機性」是指詩人辦詩刊全然不介入任何企圖，甚至沒有企業性的周詳計畫而言，不含價值判斷。

去二十年所累積的成就的。

從這個角度來看，由施善繼、蕭蕭、林煥彰、林佛兒及陳芳明等人創立的龍族詩社，在文學史上的意義就很大了，他們的宣言便大聲喊出：「敲我們自己的鑼，打我們自己的鼓，舞我們自己的龍。」清楚揭示了其與「現代派」對立的姿式。一九七三年七月該刊特編的《龍族評論專號》給當時的詩壇起了頗大的震撼，誠如蕭蕭在〈詩社與詩刊〉一文中所說：「《龍族》詩人本身的貢獻不大，但詩社詩刊所象徵的意義卻極大，包括中國的、青年的、現實的三個特殊意義，與上一代詩人顯然有了不同的面貌」⑯。事實上龍族與「現代派」抗衡的表現是要比《葡萄園》、《笠》來得有力，主要一個原因就在他們作品的品質之優異確令老一輩的詩刊為之咋舌，試舉林煥彰的〈中國，中國〉為例：

設想杯子被捏碎以後
我該怎樣在掌中找血
　在血中尋你

---

⑯ 原載《陽光小集》第九期，一九八二年春夏季號。

生命啊
原是一條河流
第一次便在我的體內走遍了祖國大陸

山在見證
海在涵納
縱流盡了我脈管中的血
躺着的河床也會甲骨文一般的寫着你
　　　　　　　　寫着你

中國、中國

同樣的題材內容，在五〇、六〇年代的詩刊並不少見，卻鮮有這樣摒除吶喊與口號的方式而又能觸動人心的；今天，《龍族》儘管已解散了，但他們的成就卻很難抹煞。蕭蕭說《龍族》詩人本身貢獻不大，至少就詩質水準來講，絕對是謙虛的話。七〇年代眞的是屬於年輕人的時代。

而要進一步論及自由詩眞正普及於大眾，恐怕不能不歸功於校園民歌的崛起到《陽光小集》的出現了。

我們先來看龔鵬程先生的一段回憶：

> 民國六十五年十二月，一個陰濕森冷的夜晚，我穿過淡江校園繽紛錯落的海報叢林，聽到學生活動中心裏「民謠演唱會」喧鬧的聲響……就在這一夜，臺灣藝文導向竟起了絕大的變動——原來，在陶曉清主持，時光合唱團主唱的演唱會中，居然有一個愣小子跳上臺去，問：「你是中國人，爲什麼不唱中國歌？」「爲什麼民謠演唱會不唱中國民謠？」……這個人就是李雙澤。而他獲得的答案，則是一陣噓聲和陶曉清輕蔑的回答：「中國有什麼值得唱的歌？」……同學們說：如果中國沒有歌，我們來寫！於是，民歌運動起來了⑰。

其實，校園民歌的發軔，還要推溯到龔鵬程回憶一九七六（民國六十五）年的前一年

---

⑰ 請參見龔著〈期待校園文學的春天〉一文，原載一九八六年三月《文學家》雜誌第五期，後收入《我們都是稻草人》，頁一八一，久大文化出版，一九八七年四月。

——一九七五年。那一年，楊弦在中山堂舉辦了一場「現代民謠創作演唱會」發表了將余光中的〈鄉愁〉一詩譜成的歌曲，使自由詩與民歌有了初度的結合。一九七七年，金韻獎（新格唱片）的開辦，更是直接促成了詩走入歌曲，走入校園的一個極大機緣。

而《陽光小集》則是第一個吸收民歌手（簡上仁、韓正皓、鍾少蘭、葉佳修等人）的詩社，其意義及帶給詩壇的影響自不待言。

站在這個立足點，我們來看一九八二年十月該刊第十期社論的一段話，也許更可以了解到自由詩如何從此有了進一步的表現方式：「我們一羣仍在努力摸索，同樣以詩爲最高信仰，卻各自擁有各自的詩的信條、主義的青年詩人，畫家、歌手——結合在一起辦《陽光小集》詩雜誌，在臺灣詩壇三十年來擾攘不停的環境中，在社會已趨向多元化的時代裏，我們不求純粹辦一分專門爲詩人辦的詩刊，但願爲關心詩的大眾提供一分精神口糧。以詩爲中心，嘗試各種藝術媒體與詩結合的可能。」

值得注意的是，儘管《陽光小集》試圖做詩與民歌的結合，並因此也有部分作品出現，如向陽〈阿爸的便當〉，苦苓〈只能帶你到海邊〉之被譜成曲，唯《陽光小集》一直沒有被廣爲傳唱的作品，並且，他們在臺灣文壇的影響，也正如同余光中所說的《藍星》一樣，個人的成就多過詩社整體的成就；成員有很多也成了文化界的強將，如向陽任自立晚報副刊主編，劉克襄、林文義先後出任自立早報副刊主編，苦苓任明道文藝編輯帶動全國學生文學獎……等等，不過，程度上來說，這仍只是比較而言，至少由《陽光小集》帶動起來的詩的多媒體發表方式，絕對有助於我們去深思二十世紀末中國自由詩所扮演的角色，與其功能，甚至出路。

在七〇年代出現的詩刊，要論整體的風格表現，很難三言兩語道盡，而且也不是本文的重點，不過，單就前列的二十幾份詩刊而言，我們可以肯定，《秋水》的風格是截然不同於其他詩社的，他們追求的是「使一份詩刊更爲單純些，只爲開闢一塊乾淨的園地，使愛好詩的朋友作歸隱式的吟哦，在寧靜中享受詩美的人生，將名利放逐於詩國之外。」⑱由於《秋水》沒有較爲強烈的主張，且自詩刊創辦人古丁於一九八一年車禍辭世後，編務便落到了涂靜怡一人肩上，而由綠蒂負擔了大部分的經費（綠蒂本身即經營出版社），其坎坷之情況自然不利於推動大型的詩活動，且囿於《秋水》自身的抒情風格取向，因此十幾年下來，《秋水詩刊》的成就正仿如其名——潺潺的流水，而不那麼顯得搶眼了。按理說，以《秋水》抒

---

⑱《秋水詩刊》創刊辭，一九七四年元月。

情柔雅的風格，應該可以爭取到更爲廣大（特別是青少年）的讀者羣，但事實上卻沒有；這可能又涉及到了市場行銷的問題了。歷年來，（幾乎是所有）詩刊的出版，多由該詩社同仁自行抽時間跑書店以寄賣方式發行，與一般讀者的接觸面有限；所以，詩刊出版大概還是以詩人（或詩社）之間相互贈閱的方式爲主要出路，再者，《秋水》版型太薄弱，也多少影響了讀者的「注意力」，當然，間接地也降低了「購買慾」。

這種情況，很淸楚地說明了七〇年代的詩壇，由於拜臺灣經濟大幅成長之便，不斷冒出新詩刊，但也因爲在行銷方面沒有產生更爲有力的經營方式，多少導致了詩刊的滯銷，進而造成一家接一家的停刊，頗令人感到遺憾。

大體上來講，七〇年代的詩壇是年輕人登場的時代，是時雖然《創世紀》及《藍星》仍持續或間斷地出刊，但基本上，表現不如年輕的詩刊來得有活力，這一方面反映了臺灣一系列經建計畫的成就，另一方面，我們可以隱約感受到九年國教（第一屆於一九六八年入國中，大約在一九七四、七五左右進入大專院校）實施後具體成果的展示。

一直到八〇年代，屬於青春的一股朝氣與活力仍不斷在詩壇發光發熱，使得詩刊的創辦之多已不只是七〇年代的「雨後春筍」足可形容，也許用「過江之鯽」較爲恰當些吧！

八〇年代

《陽光小集》所帶動的風潮，實際上是到了八〇年代才到達高峰，特別是他們在內容上及編輯上，正以他們所自稱的「雜誌」型態爲主要訴求，從林文義連續數期以詩壇各種怪現象爲調侃對象而作的漫畫作品，卽可見其端倪，然後，第一次以詩刊名義辦的「詩與民歌之夜」也是《陽光小集》發的難，特別是他們製作的「詩人成績單」，作法固然令人「驚心動魄」且客觀與否皆頗可議，但相對的，提供一般讀者（及詩作者）反省的空間就大多了，也是因爲《陽光小集》的關係，直接間接地促成了幾家元老詩刊開始重新檢討詩刊的編輯方向，較爲顯著的是《創世紀》五十九期特大號開始也以雜誌面貌呈現給讀者，《現代詩》積極籌備復刊。《陽光小集》表現出來的年輕、激進的強烈風格，確實深深地刺激了八〇年代初期的詩壇。基本上，八〇年代新詩刊的崛起比之七〇年代要有過之而無不及，但沒有一家詩刊的魅力與「活潑度」超得過《陽光小集》，讓我們簡單數數八〇年代前期（八〇—八四）新興的詩刊：《掌握》、《臺灣詩季刊》、《漢廣》、《草原》、《詩友》、《洛城》、《心臟》、《春風》、《鍾山》，其中在詩質上能夠與《陽光小集》匹敵的，大概只有《漢廣》一家，主要在於其風格恰與《陽光小集》形成全然對立的面貌，且水準也較整齊，但由於《漢廣》沒有像《陽光小集》具有旺盛的活動力與「革命」氣息，因此，他們的成就也僅限於詩作品與系列的評論上。

整個八〇年代幾乎是電腦風行的年代；這是一個世界性趨勢，值得一提的是，美國《時代雜誌》(*Time*)票選一九八二年的風雲人物，竟然打破了選人物的往例，而選出了電腦，即可略知一個資訊爆炸的時代已翩然來臨。反映在臺灣這邊，最具體的成就如一九八三年，臺灣成爲微電腦的供應國，一九八四年開發十六位元電腦成功並於一九八七年上市，在在證明了臺灣近幾年來經濟建設的高度成就。在詩壇上，第一個以電腦印製的詩刊要算一九七六年八月創刊由黃恆秋任主編的《滙流詩刊》。其餘類如「詩與聲光媒體結合發表」的表演活動也紛紛舉辦。其超出了平面的多角度發表方式，絕對是五〇、六〇年代的詩刊難以想像的。

一九八一年席慕蓉詩集《七里香》甫一出版即刻造成搶購熱潮，一直到今天，仍然屢屢名列各種暢銷書排行榜單上，這種現象不能說對喜愛詩但又恐寫了卻乏人問津的年輕一代沒有影響。

再加上許多新思潮新觀念在年輕一代不斷被強調被流傳，產生了連鎖效應也是想當然耳的事。八〇年代中期以後，臺灣面臨一個後現代狀況風行的時代，在後現代狀況下，有許多相關的現象產生，如號稱「前衛」的(假或不假)藝術的氾濫，如新人類⑲帶來的飈車風、炒股票……，在這裏，我們較爲關心的是，媒體與傳播的功能更形發達，「城市少女」、「紅唇族」帶起了多人組合的歌唱表演方式，許不了、豬哥亮、胡瓜、澎恰恰，甚至趙傳……等等「醜人當道」反顯出這個社會以「怪」爲尚的風氣（姑且不論其好壞），西門町獅子林廣場，幾個人往中間一站，跳起霹靂舞，立刻引來眾人的圍觀，當然也不會少了大眾媒體的工作人員（記者之類的），這個時候，你的歌藝、舞藝，已不重要，重要的是，你敢於站出來表演，這就夠了，「敢秀（show）你就紅」是年輕人共同的語言。

反應在詩刊的創辦，除了數量之大，印刷品質更精美以及成員年齡較七〇年代更爲年輕外，還有一個值得我們留意的，即是，寫法上也更爲「怪異」了許多，並且也多有相互以「怪」的程度爭奇鬪艷的情況，再就是，比個人的創作量（甚者有人會以出道多久寫了幾千首自居，看不看得到作品並不重要），甚至也可以寫出全篇除了題目外沒有一個中國字的「詩」，這些現象，大體上，我個人還是把它看做「敢秀，你就紅」的具體表現，十足地廻應了八〇年代臺灣社會在觀念上浮誇的一面，它的意義，並無不同於飈車少年，可以把父母師

---

⑲ 泛稱六〇年代後出生，並在資訊活動日趨頻繁之下成長的年輕人，他們較以往更爲快速地吸收外來資訊並將之轉化成生活語言，同時帶起各種嶄新的意識型態。

長長期以來灌輸給他的一切價值觀（當然也包括一己寶貴的生命）拋諸腦後，而只爲求兩邊觀眾驚訝的歡呼與掌聲。

較諸以往，八〇年代還有一個非常特殊的情形；由個人獨資辦的詩刊一一出現，這些難能可貴的詩刊分別有一九八二年林佛兒獨資的《臺灣詩季刊》，一九八四年鍾雲如辦的《鍾山詩刊》，一九八六年十二月創刊，蔡忠修的《兩岸詩雜誌》（實由苦苓、徐望雲任編務），一九八八年李渡愁獨資的《長城詩刊》（只出了一期），同年田運良辦的《風雲際會》及一九八九黃欐雅獨力創辦的《五嶽詩刊》——他們其實都是臺灣富裕社會下的成果；更令人訝異的是這幾個創辦人中，一九六〇年以後出生的年輕詩人就佔了一半（李渡愁、田運良和黃欐雅）。

獨資辦詩刊，在八〇年代以前，特別是五〇年代，簡直就是遙不可及的夢想。

如果我們把視野拓寬來看四十年的詩刊發展，會發現八〇年代的呈現是多采多姿的，詩集再版以上的情形比比皆是，除了席慕蓉的《七里香》以及之後的《無怨的青春》長居排行榜不下之外，鄭愁予詩集經由志文、洪範兩家出版社「聯手出擊」也名列暢銷書之林，此外，余光中、楊牧、周夢蝶、苦苓、初安民都有不錯的成績，連夏宇自費編印的《備忘錄》也都賣了兩版。如要就八〇年代整個文化界讀書界來看，詩集基本上還是不那麼好賣的一種文類，但比起以往，其「毒性」應該減低了不少。

八〇年代還有一個現象，亦即詩刊與出版社掛鈎，或由出版社出資（不惜血本）印刷，或仍由詩人出資而掛出版社的名字；現有的例子有九歌出版社發行的《藍星詩刊》，此外，漢光文化公司曾代理發行的《創世紀》，林佛兒獨資的《臺灣詩季刊》實際上是歸屬在其林白出版社的名下發行；可能是託詩人與出版社的關係之福，或者出版社在衡量不會損傷其「清譽」下同意爲詩刊跨刀（掛名），不管是哪一種原因，詩刊能藉已有出版社的知名度，多少也能提昇其讀者羣的範圍，最明顯的一個例子即是《藍星詩刊》自從交由九歌發行之後，訂戶也增加了一百多戶，當然，最令人興奮的還是使《藍星》在出刊進度上能夠「穩定」下來，不再有「脫期」的尷尬狀了，相信覃子豪在地下若能看到其詩刊卓然有成的話，必定也會雀躍不已。

但，讓我們再次面對這個問題：詩刊的蓬勃是不是代表社會對詩的接受度增加？是不是代表自由詩的盛唐來臨了呢？

我們必須了解，臺灣四十年來的經貿成就，受惠的，除了物質生活的提昇及帶來發達的工商業之外，也還有文化上的，包括各種文化活動及建築，如臺北市、高雄市的藝術季，社教館、國家戲劇院與音樂廳的興建完成，也包括了各種文藝性雜誌的創辦，除了詩刊外，

《雄獅美術》、《藝術家》、《聯合文學》、《小說族》、《皇冠》……等等，但同時也有數家遭停刊的命運，遠的不說，單單在八○年代就有《書評書目》、《文學家雜誌》、《文星》復刊旋又停刊，《人間雜誌》。

這些事實，可能預示了一個不是很令人快樂的訊息：不管是詩刊，抑是其他文藝性刊物，它們的意義——如果我們拋開文學史的意義不談——頂多只是反應了本地經濟成就的一小部分，作家可以在正常工作外有閒錢來辦刊物，特別是詩人辦詩刊。

而詩刊依舊是擺在書局冷僻的一角，依舊靜靜等待着蟲蝕霜侵，讀者在哪裏？依舊很模糊，因爲各種電子聲光視訊媒體的發明與生產不斷出現，令人目不暇給，青少年讀了國中高中國文課本介紹的自由詩，升上高中、大專，依舊寧願去擁抱不斷推陳出新的電動玩具，而不願多花一點時間讀書，遑論詩刊了。再者，自由詩「怎麼寫？」亦未得到解決及定位，寫詩人本身爭議連連，多種稀奇古怪的所謂前衛作品紛紛出柙，這又使得自小接觸古詩詞機會仍不少的年輕一代（非詩人）益加不能接受這種「自由」的詩體了。

在這種困厄頻頻的狀況下，有些年輕詩刊便企圖藉辦活動將「詩教」推廣出去，這方面，自《陽光小集》之後較爲努力的要算《地平線》與《新陸》了，尤其《新陸》自八九年在社長王志堃的主持下籌辦了數場的座談更令人側目；辦活動雖不失爲自由詩紮根的治標方法，唯由於缺乏類似《陽光小集》「詩與民歌之夜」較「通俗」的作法，每次活動的舉辦仍多處於門可羅雀的窘境，甚至連同仁不支持的糗事也不少。

無論如何，八〇年代詩刊的前仆後繼，雖然還是對於一個富裕社會的現實反應（反諷？），但起碼，它仍有兩個積極的意義是我們不能忽略的，一是豐饒了現代文學史的詩部分，二是多少也爲九〇年代的詩運打下了堅厚的基礎。

在我們綜觀了八〇年代詩刊且也看到了其背後不算平坦的環境的同時，也許我們仍感慨萬千，但畢竟，它讓這個暴富的社會在面對外人時，還有些不算太庸俗的東西可談。

結語

做爲一篇迹近於史料性的文字，很明顯的，本文偷懶的地方不少，光是八〇年代，最起碼我們落失掉了《陽光小集》停刊及《春風詩刊》始末所象徵的意義，再者，由於前輩詩刊在過去三十個寒暑辛苦塑立起來的形貌，已成爲了年輕一代學習的一個（重要）典型（Style），二者之間存在的辯證關係多少也該是討論八〇年代詩風不可忽視的論題，然而這些我們都未觸及到，最主要的原因在於本文旨在織構出臺灣四十年來經貿起飛所帶來的各種社會現象，與詩刊之間蘊藏的互動關係，爲了在作法上儘可能避免無端的臆測及價值判斷，所以，在資料不全的情況下，有些論題如《陽光小集》及《春風詩刊》者，我只好「存而不論」；至於「前輩詩刊——年輕詩刊」之間的糾葛，由於是一全新的命題，還待九〇年代的檢證，因此，我也就「善意」地忽略了。

復次，要說明的是，爲了方便行文討論，在例舉上，我只能以抽樣方式旁證，許多詩刊並無法一一臚列出來，當然，這不表示它們不重要，「凡走過的，必都留下痕跡」，在四十年的詩刊奮鬪史上，它們必然都有屬於自己的一席之地，絕不是這區區萬把字的文章所能道盡的。

在我們面對這一部不算長卻滿地荆棘的詩刊奮鬪史時，也許，一種虔敬心理的確立是要比本文所能說出的一切，還來得重要！

海上生明月
天涯共此時
情人怨遙夜
竟夕起相思

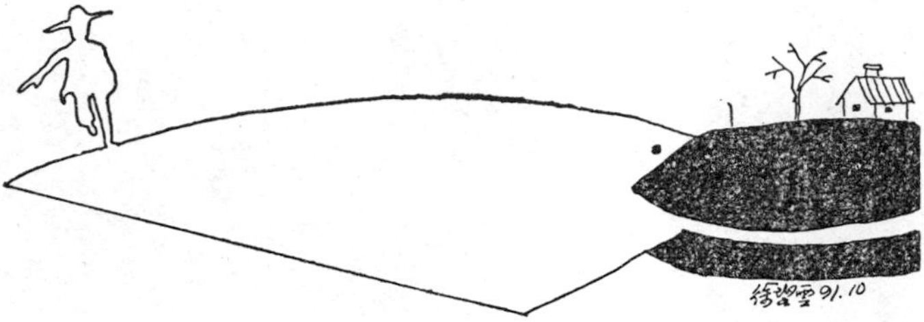

四、附錄

三種文學理論淺析

Sylvan Barnet／作
徐望雲／譯

什麼是文學？

「文學」一詞有時會被定義成任何寫下的東西，但這定義卻同時顯得太寬，也太狹隘。任何人都能把農業部有關朝鮮薊罐頭製造的過程當做「文學」；的確，我們能够區別寫作的文學以及口傳（verbal）的文學。另一方面，要說文學只限於書寫與印刷（出版）的話也太狹隘了。因爲這說法忽略了可歌頌的民謠及傳頌的故事之類的口語（oral）文學。

我們可以說文學是（引自佛洛斯特的說法）一種「語言或文字的演出」（performance in words），依此定義，文學具有引致愉悅的本質；我們的確也期盼文學能給我們快樂，或者乾脆就給它一較爲不同的界定：給予快樂。文學是一種心智足够成熟的人才能享有的遊戲（adult game），是一種「擬眞」（make-believe）的活動，正適用於一些我們常聽到的字眼——虛構小說（fiction），故事（story），傳說（tale）、戲劇（play）。

文學引人愉悅的因素是什麼？如果沒有一定的答案，也許可以說文學作品抓住了我們的興味（interest）並且在當下的一刻讓我們周圍的世界消失了。一個好的文學作者會讓讀者全神貫注在他的作品上，而且會使讀者與現實隔離開來。頗似我們突然聞到新刈乾草的一陣清香那瞬間的感受，當我們嗅及那氣味時，我們正同時被一些事煩擾或忙於快樂而虛幻的夢想，就在醒悟過來的刹那，一種經驗的快感油然而生，且我們也清楚意識到這全然自足的經驗。這一刻我們忘卻了時間、瑣事以及氣溫的高熱，同時我們發現這經驗是如此整然、獨立，又讓我們歡欣；藝術作品具有這在片刻間捉住我們心靈和使我們愉悅的力量。

也許有人不會苟同《哈姆雷特》一劇所具有的令譽，一般而言，藝術提供了眞理（truth）和愉悅（pleasure），這說法表面上看來是有其確然性。但，當我們思考這問題的同時，我們也遭遇了另一些問題。在《哈姆雷特》裏所謂的「眞理」是什麼？劇裏的人物是虛構的，因此我們不能說莎士比亞提供了我們丹麥歷史的眞實圖像。劇裏有鬼魂，但今天大部分的人對鬼魂一事抱持懷疑的態度，或許我們會援引一些句子像「既不做借方，也不做貸方」❶，但

---

❶ Neither a borrower nor a lender be 一語即出自 *Hamlet* 一劇，此處我借用王壽來先生的譯文，請參考王先生所譯《智慧語》一書，爾雅出版社。

即使這一常被引用的句子也難被定義成不變的眞理，的確有幾次能做個借方或貸方也是不錯的。讓我們暫擱下《哈姆雷特》（雖然這並不表示哈劇與文學眞理一概念無關）來看藍道（Walter Savage Landor, 1775-1864）的一首短詩〈三色堇〉（Heart's-Ease）：

多麼希望能戴一朵花
直到你第一度別上她
世上最稀有的三色堇
啊請爲我帶來另一朵

地球上確有一種稱爲「三色堇」的植物嗎？如果我們想要了解這種花，問植物學家不是比問詩人恰當些？詩人偶而會涉及到科學方面的眞理，但科學家給我們的不是較具眞實性嗎？藍道這首詩的價值不在植物學方面還不清楚嘛？

這些都是大問題，它們迄今尚未得到大家都滿意的答案。不只是文學批評工作者，即使藝術創作者本身對文學本質也有許多不同的理念。任何一本文學批評論集都顯示這種複雜般的多樣性。例如在《寫作現場》（*Writers at Work*）一書中，有關於當世小說家的討論（

Malcolm Cowley 出版），其中一位作者主張藝術家僅呈現經驗而非訓道家（teacher），另一位主張藝術家在呈現經驗同時也可以是一個訓道家，還有一位作者則認爲藝術家實質上（若按照 Frank O'Connor 的說法）卽是一個「改革者」（reformer）。既然如此，我們不妨認眞去面對文學理論多樣性這個事實，要說每個人都了解或同意文學爲何，此一認定是沒有任何助益的。大部份的文學理論差不多可歸於下列三者之一——「模仿的」(imitative)，「表現的」（expressive）以及「影響的」（affective）——底下我們就要着手進行三者之討論。大略了解（專門）學者討論文學的方式有助於讀者觀念的建立，好的文學作品不僅可以閱讀及品賞，同時也值得去討（評）論。

模仿理論

模仿理論認爲藝術是對事物的模仿。亞里斯多德（Aristotle, 384-322 B. C.）在其《詩學》（*Poetics*）一書中指出悲劇卽是對動作（action）嚴謹而完全的模仿。由於今天，「模仿」一詞反而有着輕蔑的意味，事實上，承接亞氏的模擬論（mimesis）不僅僅是模仿(imitation) 而已，且還兼具了「再創」（re-creation）及「再現」（re-presentation) 的良好功能。就藝術的模仿而言，亞氏認爲是以不同於原性質的素材來呈現事物。本此，米開朗基羅（Michelangelo）可以說用石材模仿了摩西（Moses）；塞尙（C'ezanne）用油畫模仿了維克多利山（Mont Victoire）；在演員的臺詞及表情上，莎翁模仿了凱撒（Caesar）。音樂方面亦復如此，仍適用於亞氏的模仿說。例如，柴可夫斯基（Tchaikovsky）在其「一八一二序曲」（1812 Overture）中模仿了拿破崙在俄羅斯大敗。如果生在今天，亞里斯多德也會同意狄昆西（Thomas De Quincey）的說法：一個人卽使未曾身臨滑鐵盧戰役，仍然能夠吹噓滑鐵盧的種種。當然，模仿的本能並非只有藝術家才獨具。孩童會對他的同伴說：「你當警察我當強盜，你說『站住』，我就逃跑。」亞氏認爲，當這一類模仿的天賦趨向於節奏化與形式化時，結果就成了藝術作品。光就形式而言，模仿理論也頗單純：「那臘質蘋果多麼逼眞呀！」「那演員演起來多麼像法國人啊！」另一些好詭辯的人就說了：「一個臘質蘋果和一個假法國人有啥值得高興的?!還有那麼多的眞蘋果和眞法國人在我們眼前哩！」亞氏的理論包含了一如臘質蘋果那般對本質酷肖的模仿，更進一步，亞氏還認爲藝術遠優於歷史，因爲歷史非得忠於事實不可，但藝術可以淨化（refine）自然，展現自然最完美的一面。人們可以這麼說，除了偶發事件外，歷史要告訴我們的並非現在會發生什麼事，而是過去發生了什麼事。藝術家好比在溫室栽培花朶的人，他不種植易腐爛且發育不良的野地薔薇，而是可以發揮潛能的薔薇，這樣的薔薇比野地薔薇較像我們觀念中的薔薇。藝術家，在某方面，並不是一味地模仿，他再創了現實，且以能讓我們更淸楚地認識事物本質的方式來呈現事物。亞氏所謂「模仿者」（imitator）之意爲「模仿的製造者（maker）」（藝術家之爲一個製造者（maker）的意義是從 playwright（劇作家）這個字而來——Wright 卽是製造者，其意一如 shipwright（造船匠），取 Wright 與 write 同音但無關乎 write（寫了一字）」，這說法僅對了一半。藝術家的模仿是超越了眼睛所見事物的複製，他的模仿就某方面而言是具有創造性的，且富想像力並具詮釋作用的，它反映了對現實特殊的觀察。湯瑪斯曼（Thomas Mann）把獲致靈感之特質歸功於契訶夫（Anton Chekhov），他在評論契訶夫小時候對牙醫、警察、及其他熟悉的人物之模仿的癖向時說：「所有藝術的肇始皆藉以下行爲而呈現：模仿傾向、小丑娛悅人之天賦……（在契訶夫的成熟作品中）藉精神之原則來協調自己，經歷道德的洗煉發之於娛樂而達致追尋靈魂的成就。」想必作爲契訶夫的讀者，還得懂一些道理吧！

模仿理論包括了藝術不僅使我們愉悅而且也給我們知識這種觀念，並能够洞察現實的本質。若你以爲我們安於模仿技術的呈現使得我們也僅安於一個假蘋果的話，那麼，你尙未注意到模仿能够給予知識的這一層面，不管如何，如你肯定我們可藉着對模仿的關注而獲得對現實的一些認知，那麼你同時也在說藝術提供了知識，而其價值或在於其表達的眞理。有關眞理的問題並不存在於所有的藝術上，沒有人會說他其馬哈爾廟（Taj Mahal 印度阿克拉的回教廟）就是眞理。但卻有不少人會要求文學反映眞理——能夠適當的回映現實。也許可以說，彌爾頓在《失樂園》（*Paradise Lost*）中模仿了亞當和夏娃的墮落，他確努力在（據他自己的說法）「揭示上帝對人類的公正無私」（justify the ways of God to men），他不僅在給出愉悅，他還幫助他的讀者代解一些眞理。麻煩的是，讀者會把文學當作是一種啟示：他追求部份的警句（如「弱者，你的名字是女人」、「自我卽眞理」），或者他把整個作品當作道德教條。於是他忽視了作品的藝術層面，只有其中的神諭或啟示於他而言才是重要的。但人們在文學作品中能學到什麼呢？從《朱利斯・凱撒》一劇中我們不在當一個暴君嗎？或者，不在刺殺暴君嘛？或者知道刺殺暴君並且安全脫身之困難？當然，我們早就知道這些事實了。也許「文學傳授知識嗎？」這個問題的答案卽是文學不教導我們在任何場合如何去做（我們從未有機會成爲羅馬的暴君或刺客），但讓我們對生命（生活）有了某些認知。看了一齣戲後，我們都能在瞬間體會到生命的眞諦。書本上或舞臺上所發生的事件不僅在一定程度上與現實生活頗有相似，同時也能讓我們釐清現實生活，讓我們由衷說出：「眞是的，人就是這樣嘛！只不過以前我不曾注意到而已。」我們也能很理智地瞭解彼此，但現在呢？從前以爲平庸無奇的事，如今卻成了我們生命中重要的一部分。我們無法把這種生動的智識條例列爲具體的行爲守則，然而我們卻能獲得新的證見，生活也將因此有了些改變。

表現理論

這派理論認爲藝術家本非模仿者而是能够表現情感的人。華茲華斯（William Wordsworth）有兩句話可作說明；他說：「詩是情感自然的流溢。」詩人的工作「所面對的不是事物本身……而是（對該事物）確切存在的感情和激情。」（這決非華茲華斯的全部理論，但它足以說明表現理論的要點）表現理論認爲藝術家的視域是向內而非向外的。藝術工作並非對外在世界的模仿而是內在世界的表現，讓情緒（emotion）具體化。表現理論認爲文學無關乎「眞理」。藍道的〈三色菫〉可以說只表現了他的感情，而這感情沒有所謂眞假，它們不過僅僅存在。表現理論有時強調作品若是中肯（sincere），則它必定眞實（true），我們大概不會認爲笑跟淚沒有眞假之分吧，如果我們一旦發現了笑或淚都是做作而非中肯的話，我們必然說它是虛僞的。無論如何，由於讀者無法在閱讀中知道作者在寫作時是否眞實，因此所謂眞實的標準是無意義的。我們不能說《朱利斯・凱撒》一劇是眞實的，也許莎翁是應劇場老闆的要求才寫這劇本的，我們甚至也不能說他的十四行詩（sonnet）反映了他的情感，卽使華茲華斯曾說莎翁藉十四行詩「流露了他的熱情」，但我們能如此肯定麼？而且，要寫出中肯的作品不需要什麼好的文筆，胡克雷（Aldous Huxley）確信「壞書和好書一樣『中肯地』發自作者的心靈。」表現派的作品能有什麼價值？人們能夠回答表現的價值在於作者能像拜倫說的「若我寫作時不能忠於表露我的心靈的話，我會發瘋。」但如壓力的解脫是它唯一的價值的話，此類文學作品早就可以驅逐出境了。即使作者表現了他的情感，大部份的情感表現對讀者而言仍是無意義的。我們的笑、低語以及絕望的哭泣都是表現，並幫助我們解脫（情緒），但誰會說這些是對其他人有意義的藝術作品呢？很明顯的，並不是所有的情緒表現都是藝術作品，相反的，若藝術作品具備了情緒的呈現，那麼它必然也是一種特殊的表現。

表現理論的擁護者尚未有其他的論證，這一種是較強而有力的說法：藉着所看與所覺的呈示，作者可以在我們眼前變幻莫測，溶化我們心中的冷冰，他可以改變我們的常規，可以拓寬我們感覺的領域。華茲華斯對水仙花（daffodils）的看法可以增強對自我過於狹隘之視野的覺醒。了解別人的觀感是拓展及豐厚自我人格的一種方式。

影響理論

最後我們討論藝術的影響理論。影響理論認爲藝術作品必須引起讀者一特殊的情緒或情感。這派理論常關連到表現理論，藝術家依此表現他的情緒並把這種情緒溶入作品之中，且喚起讀者相似或相同的情緒。藉着對一特定事物的描寫，可以引致某些適當的反應。關於這派理論最有名的說法可見之於托爾斯泰的〈何謂藝術？〉（What is Art?）這裏引述一段：

> 藝術是一種人類的活動，一個人有意地藉外界（現象界）的符號傳遞他生命中所擁有的情感，而其他人（讀者）也被他的情感所感化並也同時經驗了這些情感歷程。

以下是引自波普（Alexander Pope）的另一說法：

> 讓我們這麼一次去駕馭時間吧！
> 從詩韻中了解詩人；
> 「這就是讓我遭千萬痛苦的人呵！
> 藉神奇的藝術，使我感受到
> 他安排的熱情，憤怒與平靜
> 藉同情與恐懼撕裂了我的心

帶領我的神思越過千山萬水
到底比斯，到雅典，到每個角落」

（此外，值得一提的，雖然波普表示詩可以引起讀者或聽者的感動，然而正如波普一貫的文筆，他們被引起的，不是太強烈的感動，而無寧說是一種興味和眷愛。）影響理論認爲一定程度的情感刺激，在某方面是好的；我們偶而也需要舒解（藉一適當的哭泣），我們需要把我們的情緒化爲一愉悅的範式來渲洩（正如燥怒的小孩需要母親慈愛的微笑，讓他的心情平靜下來）。毫無疑問地，有的讀者會從書本上尋求情緒的激素。女士們常會要求租書店員介紹她們讀了可以與女主角認同的小說以獲致愛情與悲愁等等的渲洩。一部好的藝術作品並不會讓人讀來似曾相識也不會引起老調重彈的情緒。有多少人能夠全然感受到《哈姆雷特》、《馬克白》（*Macbeth*），和《布魯特斯》（*Brutus*）？

通常，影響理論還強調它的目的，並非在惹引情緒的認同而是積極地化情緒爲行動。例如，這派理論認爲藝術家可以刺激人們對戰爭的憎惡感，使人們以實際的力量去阻止戰爭。托爾斯泰宣稱情緒的喚起並非目的而是一種手段：

藝術的工作是鉅大的。通過客觀藝術的影響，科學的助益，宗教的引導，再由如法庭、警力、慈善機構及工廠調查等等達成的人類和平共存現狀，將能獲致人類的自由及樂觀的行爲。藝術將使得暴力也爲之消聲匿跡。

波普也認爲藝術的目的是要改善其觸及的主題：

藉藝術溫和的力量讓靈魂甦醒
提昇精神，淨化性情
作爲一個能教意識成爲美德和粗魯的
人類生活在每個地方，他必也能發現
當悲劇繆思初次登上舞臺
淚水卻流過了世世代代
連暴君也滌淨了他野蠻的本性
敵人也爲他們的悲傷而驚悟美德

結語

本文以「文學是什麼?」此一命題開始，到這裏尚未得到滿意的答案。目前也無人能提出適當的答案，儘管各種教科書和理論都有很明晰的定義，但沒有一家說法能夠經得起批評。文學引起情緒的說法很好，但也能適用於其他很多非文學性的場合（例如，轟炸廣島的文件），正如以上我們的論述，文學所引起的，應不是情緒，而是「眷愛」（attention）。文學本是虛構（fictional）的說法也不錯，但一首歌頌上帝的詩能說是虛構的嗎?再者，如此虛構的詩，指的是作者抑是讀者的信仰?文學具複雜性和單一性的說法也很好，但這顯示着電話簿般雖清晰但駁雜的特徵——如《哈姆雷特》。以此類推，當應用在我們所知的特殊的藝術作品時，這些定義似乎都不完全。

前面對批評理論簡單的描述，無論如何，都有助於讀者去面對任何試驗性的定義。是的，我們都同意文學篇章卽是語言或文字的表演；它有力地抓住了我們的注意力，似乎全然自足的。它的主要目的不能被視爲實在的資訊來源。它僅提供特別的喜悅和滿足。就這層次而論，許多人都會認爲文學還有某種程度的眞理存在，雖然此種眞理並不像 $E=mc^2$ 的數學定理那樣具有可變性。而人們仍然會承認文學對認知（任何事物）必有相當的助益。托爾斯泰和波普儘管能爲文學提出許多主張，但如要相信這些主張在文明人間能够扮演了什麼是無稽的，在《威尼斯商人》（*The Merchant of Venice*）裏的這些句子其實找不到任何東西：

傑西卡：當我聽到甜美的音樂時我從不感到快樂。
羅連柔：那是因爲你的精神太貫注了
　　你只要看一羣野獸或一羣不羈的小駒
　　狂跑亂跳，高聲的嘶鳴
　　這原是牠們血性剛強的緣故
　　可是牠們若要聽見喇叭的聲響
　　或是任何的聲樂
　　你就會看見牠們一齊停住
　　牠們凶蠻的眼神變成溫和的凝視
　　因受聲樂的感動，所以詩人傳說
　　奧菲引動了樹、石、海水

因爲世上沒有什麼頑梗凶暴的東西
是音樂所不能當下改變其性情的
內心沒有音樂的人
他若再不受美妙音樂的感動，此人最宜
做賣國、陰謀及掠奪的事❷……

～第五幕第一景

藝術作品不是可能讓我們洞悉現實（一如模仿理論所主張者），或伸展我們經驗覺醒的可能性（一如表現理論所主張者）乃至有助於感動我們的神經系統（一如影響理論所主張者）嗎？並不是說每件藝術作品都具備上列要件，只不過在我們所讀過的有價值的藝術作品中，這些理論或能幫助我們看得較深入並且對作品價值的所在也較能夠具備清楚的意識。當我們回溯自我的經驗時，這些理論自會有助於我們認清閱讀的方向。

❷ 此處我參考了梁實秋先生所譯莎劇《威尼斯商人》（遠東圖書公司，七十四年十月版）略作修正，特此謹記。

※本文是美國柏納（Sylvan Barnet, Tufts University）、柏曼（Morton Berman, Boston University）及布爾多（William Burto, University of Lowell）三位教授所選編《文學入門》一書的第一章，原題爲 Some Theories of Literature，它對西方文學批評界（早先）所盛行的三種基本理論：模仿、表現與影響，作了初步的分析，論題雖簡單，但頗值得深思。故筆者不揣淺陋將之譯了出來，以供對文學創作及欣賞有興趣的詩人藝術家們作參考。唯該章（卽本文）寫作者不知何人？故暫以柏納一氏代之。

此外，在翻譯過程中承蒙黃炳輝先生協助校對，特此致謝。

也是諾貝爾惹的禍

徐望雲

諾貝爾文學獎的風波

西元二〇二〇年，中國——也是全世界，第一位用電腦寫小說的作家白霍，在即將出版他的第一萬本小說集——《最後現代的告白》——前夕，終於不負全中國人將近一百年來的期望，獲得了諾貝爾文學獎；他的獲獎理由是「以最前瞻性，最具前衛的手法開拓了最後現代的文學領域」。

在臺海兩岸依舊靜靜對峙的中國，各大報皆以顯著篇幅報導這則遲來的驚喜，畢竟對於長久淪爲西方文學殖民地的中國而言，難得有這麼一位劃時代的人物能夠領導世界的寫作風潮。

白霍，生於一九八七年，美國霍普金斯大學文學博士，於二十世紀末期，曾與被抄滅的後現代主義碩果僅存的老作家們，共同組織「現平地」文學俱樂部，打開了二十一世紀中國文學的新紀元。「現平地」文學的特色，也即是它們的宗旨：放棄筆寫及心靈的運作，而改以「電腦」寫作。白霍即是「現平地」的秀異份子，也是「創作量」最大的一位作家。至於那些後現代凋零殆盡的白頭作家們，只剩下了平日唯一依恃的嗜好——打電動玩具。

電腦寫作

電腦寫作的小說與一般手寫小說最大的不同，是：它用電腦代替了人腦，它徹底排斥了靈感。

寫作用的電腦通常有兩部，分別爲主電腦與副電腦，主電腦的功用爲資料記憶儲藏，副電腦的功用即爲程式設計的安排與組織。

主電腦的資料來源相當廣泛，作家們可以把平時看到的、聽到的事件（包括人、事、時、地、物）編號輸入主電腦儲藏，比如說，你可以編成 A_1 事件，A_2 事件，B_1 事件，B_2 事件，C_1 事件……等等，若你哪天心血來潮（不必靈感），想出了幾個人物，並爲這些人物安排好姓名、年齡、身高、體重，然後將它們輸入副電腦，同時操作主、副電腦，主電腦即會根據你安排的人物身分在你曾輸入過的舊資料中打散分配，並將程式切入副電腦，據此，由於主電腦中的人物資訊已被打散，附屬這些人物的事件也拆散，變成瑣碎的單一資料在副電腦中重新組合成一嶄新的故事，好啦！你的小說於焉完成。

大作家白霍依此方式，在三十歲壯年時期便已完成了一萬部長篇鉅作，於是，作家們紛紛起而效尤，且立刻傳遍了世界各地。

在紐約，在倫敦，C・C是中國的另一代號，它的英文是 Computer Country，是電腦，是最眞實的中國文化，而不是那太遙遠了的儒家孔孟或道家老莊。

「岸前社」與「文學部」

中國畢竟蛻變了，不再是幾百年來外人所想像的那種神秘、保守而古老的國家，而是顯得相當具激進色彩的文化民族。當此之時，雖然由「現平地」領導的最後現代主義正赤焰囂張，可是在另方面，一羣深受中國（古典）文學陶養相當高的學者與作家們，正積極固守着一個堅強的堡壘——岸前社。這個組織的發起人是鐘弦，西文大學的中國文學博士，在二十一世紀初期，鐘弦曾意氣風發地自命爲中國（抒情）傳統的繼承者及代言人，並公開與「現平地」的將士相們筆戰，留下了豐富的文獻：如〈走向死亡的「現平地」〉、〈電腦語言的思考〉、〈白霍及其護法們的文學理論之平議〉……幾篇力作。可惜，對「岸前社」而言，它們的一大致命傷，是不懂得「拍馬屁」。「現平地」在這方面做得確是比「岸前社」好得太多。尤其是「現平地」每年會在詩人節前夕舉辦九十六位元寫作電腦大摸彩，獎品金額高達將近一千萬，以此方式，「現平地」贏得了不少民心；且由於摸彩對象限於曾發表過「最後現代」作品的作家，所以，大部分的作家都以「最後現代主義者」自許。「拍馬屁」是跨入文壇，享受文壇甚而操縱文壇的最主要條件，在「現平地」作家們的推波助瀾之下，儼然已蔚為一股風潮。反觀「岸前社」裏的幾員大將，除了平日埋頭修習文學功課，堅持用自己的心靈，用被認為落伍的筆繼續寫作之外，在人際（特別是與官方）的往來上幾乎付諸闕如。

那時候，政府設有文學部專門負責文學事業的推展與審查，文學部除設正、副部長各一人外，另設有一百位「推審」委員，一百位委員由五十位「教授團」及五十位「作家團」組成，教授團中，中文學者（卽一般所言國學家）佔六位，外文系學者佔了四十四位。作家團中，「現平地」及其附屬的衛星社團如「狐羣社」、「傳燈社」等卽佔了四十七位，其他三位則是「岸前社」裏比較懂得「應酬」的中堅份子。不過，在文學部中，眞正管事的委員並不多，泰半皆是乾領薪而已，因此，卽使主張前衛的委員佔大多數，仍然無法有效壓制主張正視中國本位的「岸前社」所領導的現（寫）實主義及中國抒情正統的風格。

雖然，「現平地」出了位諾貝爾得獎人，實際上，二十一世紀的中國文壇，在質的方面，仍然有「岸前社」平分了一半天下。

而且，有識之士皆能隱然感覺，若中國尚有下一個諾貝爾文學獎得主的話，那將會是「岸前社」旗下的大將。

巨變前夕㈠

二〇二一年七月，由文學部安排了一系列的演講，邀請了國外知名的電腦作家（作品在八千部以上者）及最後現代主義理論派的健將：喬艾斯（E. T. Joyce），康文思（G. G. Konvense），李歐德（C. L. Ode）及詹門生（S. O. Jemenson）等人，為中國文壇又一次掀起了最後現代的高潮，此次活動是由「現平地」幾員大將負責招待及協辦。

由鐘弦領導的「岸前社」也不甘示弱，就在同年，也即是民國一百一十年的國慶前夕——十月九日，舉辦了一項盛大的國際舞會，敬邀了當時的行政院長開舞，參加者率皆是當世赫赫著名的國際級詩人作家，此次舞會連開了一個星期，創下世界紀錄，使得美國《時代》（*Time*）及《新聞週刊》（*Newsweek*）也爭相報導這則消息，成為舉世注目的焦點。

隨後，就在此次舞會閉幕的第二天——十月十六日，「岸前社」傾盡財務又安排了兩岸具中國意識的作家及世界級的「非最後現代主義」大師：沈文、楊從華、李煉程（以上中國），屠格洛夫斯基（捷克）、戈德（W. E. Goder）、馬倫遜（T. S. Marlon Son）及佛洛德（S.L. Frood）等人，作一星期的演講，並聲討崇拜電腦寫作的作家。這項盛會，頗受各國筆會爭議，猶如當頭一棒，學者們紛紛召開各種文學會議或座談討論文學的前途。……

並開始反省且懷疑用電腦寫作的眞正價值何在？

院長的煩惱

二○二一年十一月四日，瑞典皇家學院院長馬拉基（T. T. Malarky），憂愁深鎖地坐在院長辦公室裏，面前鋪着毛氈的地板上，堆了數以萬計的推薦信，外加百來個未開封的包裹；上午，郵差才剛送來一百二十二件的信函，馬拉基先生的確是有苦難言，他望着扭曲變形的左手，想起去年的文學獎，原本已決定了的人選——一個住在尼泊爾的西藏流亡作家，那知在揭曉前三天，收到一份來自中國「現平地」社的禮物，拆開一看，只聽轟然一聲，把可憐的馬拉基先生的左手炸成了重傷，當晚，馬拉基先生又接到一通來自中國「現平地」的「慰問」電話：「若二○二○年諾貝爾文學獎不頒給中國『現平地』的白霍，下一個目標就是你老兄的，腦袋。」

爲了老命，在揭曉前二天，七十二歲的馬拉基以堂堂院長身分，一票對其他院士的數十票，力排眾議，堅決將得主更改爲「現平地」的強力作家白霍。爲維持一百多年來好不容易建立起來的權威形象，皇家學院一直未曾對外公佈這件秘辛。

想不到今年十月一個星期三的下午，皇家學院的大門又被神秘爆破，馬拉基記起前一天接到的一封怪異的電報，只有十幾個字：「Dear 馬大師，好久不見了！From China」，第二天下午，學院召開文學獎緊急會議，臨時把揭曉日期延後一個月，十一月再宣佈，弄得各國記者議論紛紛！

現在，面對這些來自各國半帶威脅半帶利誘的推薦信，馬拉基着實感到進退維谷，特別是這些動人的紅色包裹，其中大部份當然都是貴重的、有價值的禮物，馬拉基好想抱着興奮的心情擁有它們啊！可是，有了去年慘痛的教訓，馬拉基又深怕哪一個會突然「開了竅」：：，他發現這些包裹沒有一個來自中國，但中國的「現平地」成員分佈在世界各地哪！去年那包炸藥就是寄自英國的……。

「Fuck！」馬拉基院長拍桌而起，臉上閃着紅潤。

巨變前夕㈡

二〇二一年十一月八日，中國的文學部部長設宴邀請了「現平地」及「岸前社」所有成員，爲兩個文學社團於今年所分別主辦的世界性大型文學盛會的成功慶賀，這兩次盛會在中國文學史上顯然具有不凡的意義，部長喜孜孜地舉杯：

「秋風送爽，桂子飄香，又是豐收的時節。這一年在諸位文藝先進們的努力之下，又獲得了一次全球性的勝利，昨天敝人看到一則紐約時報的報導，據悉，本年度的諾貝爾文學獎有意再頒給各位中的一位……」

話剛說完，「現平地」的沙浪便舉杯大聲說：「去年白霍獲獎，今年本社意料中又將是舉世注目的焦點。」

一陣稀疏的掌聲隨卽響起。又落下。

「岸前社」的平如夢立刻補充：「鐘弦是當今赫赫著名的愛國詩人，必是奪標呼聲最高。」

「噁——心！」現平地那邊有人揑鼻作不屑狀。

平如夢一看，又接着道：「鐘弦有現代詩聖之美稱，自是最佳人選。」

站在部長身旁的大文豪鐘弦，嘴角露出了慈祥的微笑。

「肉痲當有趣！」不知從哪裏竄出一句！

「最後現代也好不到哪裏去。」又不知從哪兒冒出：

「怎麼樣？看不慣就不要在文壇混！」

「什麼電腦語言，幹！也不知是人在寫作，還是機器在寫作？」

「有種出來！」

「出來就出來，誰怕誰？」

這時，場面相當火爆，我們極前衛的作家白霍忙作解人：「哎哎！各位大師大哥們，請息怒請息怒，小弟不才，去年忝登諾貝爾金榜，今年度委實沒有再得之理也……」

沉寂了一陣，「現平地」另一員大將王暮遂帶頭喊出：「現平地精神永恆，現平地萬歲，萬萬歲！」

跟着，「岸前社」那邊也傳出了大合誦：

啊！在世界都骯髒的時候，
你是唯一不患梅毒的媽媽。
噢！你有美麗如詩的長髮，
如一萬匹飄着白鬣的藍馬。

噢！在中國最希臘的天空，
你就是道路、眞理和生命！

唸着唸着，部長先生的侍從匆匆從門外奔進會場，遞給部長一份電報，部長看了看，面色凝重：「總統先生的電報……」話未說完，「現平地」的鄭源插嘴問：「是不是文學獎得主公佈了？」

「呸！要得也輪不到你！」岸前社的若玄啞道。

「統統閉上烏鴉嘴！」部長先生臉色一沉：「電報上說歐亞軍事聯合總部正對我國施加壓力，逼令我國三月內解散所有文學社團，同時也廢止了諾貝爾文學獎的頒發，永遠，可能是永遠廢止了。」

「怎麼會這樣呢？」

「怎麼會？」一時間人聲沸騰。

「總統先生說瑞典皇家學院前些日子曾遭暴徒攻擊，院長馬拉基先生也曾遭電話恐嚇，加上國際輿論紛紛對文學獎公平性的懷疑日深……」

這時，「現平地」人員一一離席。

「岸前社」也是。留下杯盤狼藉的會場和滿地垃圾！

只剩部長和他的侍從怔怔地站着！

巨變前夕㈢

二〇二一年十一月二十四日夜，馬拉基橫屍在斯德歌爾摩街道，屍體被大解成十三塊，死狀甚慘！兇手遁走，卻於六小時之後爲瑞典警方逮捕。在拘留所內，此名兇手咬舌自盡，至死未發一言。

經徹查兇手身分，二〇二二年四月公佈兇手爲一中國人。但被中國當局否認。

巨變

二〇二三年六月杪，第三次世界大戰在北歐點燃。

主要武器——核子飛彈。主戰國：中國——瑞典。

歷時——十七小時。

天意憐幽草
人間重晚情
併添高閣迥
微徑小窗明

跋——一些祇對您說的悄悄話

多年前，還在陸戰隊服役時，有一次我們這個獨立排聚集在餐廳看電視，記不得是哪一齣了，畫面是兩個小孩倚着家門做遠望狀，旁白傳出來：「有一首『詩』是這樣寫的——天這麼黑／風這麼大／爸爸出海捕魚去／怎麼還不回家……」

還沒唸完，一位管伙房的大呆同袍「轟」出了一句：「幹！這也是詩？」一下子大家的眼光都堆到了我身上，有些還帶着詭異的笑容，搞得我很是尷尬。

這件事之所以讓我記憶深刻，是因爲當時我曾湧起這樣一個念頭：這位伙伕大呆心中的「詩」是不是只有絕句律詩，像我們朗朗上口的「春眠不覺曉，處處蚊子咬。」或「舉頭望明月，低頭吃便當」……？那麼，我們在中學時讀過的自由詩（雖然少得可憐）到底發揮了多少教育功能？

也有一種可能，他分得清詩、散文、小說與戲劇……等文類的界限，而這四句，他認爲是「散文」的句法……。那麼，是不是也暗示了我們整個詩創作環境的「惡質」化？

或者更進一步，他老兄根本知道什麼叫做（自由）詩，只是不屑。那麼，幾十年來我們的自由詩到底爭取到或擁有了什麼樣的社會地位？也卽是，它被大衆認肯的程度爲何？

（對了，我這位同袍只有國中畢業的學歷！）

……

這些看似無聊的推想，也許會令讀者感到似曾相識！

事實上，多年來，在我腦海中反覆思索的，卻都是這些看似無聊的「東西」；因爲，我從來不認爲（自由）詩「怎麼寫？」的問題已得到很好的解決。

越過了這本書，我們需要努力的地方還很多，路還很長……

在我學習的過程中，有一些人，一些觀念在默默指引我的思考，他們有些還是我的朋友，像苦苓、吳明興、張國治、侯吉諒、焦桐、路寒袖、曾淑美……，有些是我的師長，如黃明政老師（臺中縣后綜國中）、王秋瓊老師（臺中二中）、林明德老師、鄭愁予老師、向明老師、羅青老師、陳進泉學長……，更有些我完全不認識的朋友或不是朋友，他們的理論與學說都先後對我起着不同程度的影響，如亞里斯多德、羅素、羅蘭・巴特、馬克思、凃爾幹、史基納、朱光潛、覃子豪……

對他們，我有難以形容的感激。

然而，最最令我感激的還是，不論贊同或不贊同我的看法與理念，都願意與我共同思考自由詩這些「無聊問題」的您呢！

三民叢刊書目

1. 邁向已開發國家　孫　震著
2. 經濟發展啓示錄　于宗先著
3. 中國文學講話　王更生著
4. 紅樓夢新解　潘重規著
5. 紅樓夢新辨　潘重規著
6. 自由與權威　周陽山著
7. 勇往直前　石永貴著
8. 細微的一炷香　劉紹銘著
9. 文與情　琦　君著
10. 在我們的時代　周志文著
11. 中央社的故事(上)　周培敬著
12. 中央社的故事(下)　周培敬著
13. 梭羅與中國　陳長房著
14. 時代邊緣之聲　龔鵬程著
15. 紅學六十年　潘重規著
16. 解咒與立法　勞思光著
17. 對不起，借過一下　水　晶著
18. 解體分裂的年代　楊　渡著
19. 德國在那裏？(上)(政治、經濟)　郭恆鈺・許琳菲等著
20. 德國在那裏？(下)(文化、統一)　郭恆鈺・許琳菲等著
21. 浮生九四　蘇雪林著
22. 海天集　莊信正著
23. 日本式心靈　李永熾著
24. 臺灣文學風貌　李瑞騰著
25. 干儛集　黃翰荻著
26. 作家與作品　謝冰瑩著
27. 冰瑩書信　謝冰瑩著
28. 冰瑩遊記　謝冰瑩著
29. 冰瑩憶往　謝冰瑩著
30. 冰瑩懷舊　謝冰瑩著

三民叢刊31

與世界文壇對話

鄭樹森　著

本書收錄二十四篇專訪，作者以比較文學博士的豐富學養，深入分析報導當代世界文壇的趨勢和動態，在清楚掌握世界各地的文學發展之餘，反省本土文學，並期在原有基礎上更向前邁進。

三民叢刊32

捉狂下的興歎

南方朔　著

「捉狂」是這個時代的浪潮，「興歎」是剔除糟粕的膽識與能力。媚俗的年代有不媚俗的聲音，看南方朔如何在知識份子充滿機會主義的價值錯亂和譁眾取寵的時候，替未來的自由公民開道。

三民叢刊33

猶記風吹水上鱗

余英時　著

本書以紀念錢賓四先生的文字爲主，賓四先生爲一代通儒，畢生著作無不以重發中華文化之幽光爲志。透過作者的描述，我們不僅能對賓四先生之志節與學術有深入的認識，並對民國以來學術史之發展有一概念。

三民叢刊34

形象與言語

李明明　著

藝術是以形象代替作者的言語，而在形象與言語之外，仍還有其他種種相關的問題。本書作者從藝術與時代、形式與風格、藝術與前衞、藝術與文化五個方面剖析西方現代藝術，使讀者能對藝術品本身及其相關論題有一完整的認識。

三民叢刊35

紅學論集

潘重規　著

本書爲「紅學論集」的第四本。作者向來主張《紅樓夢》一書爲發揚民族大義之書，數十年來與各方學者論辯，更堅定其主張。本書爲作者歷年來關於紅學討論文字的總結之作，也是精華之所在。

三民叢刊36

憂鬱與狂熱

孫瑋芒　著

輕狂的年少，懷憂的中年，從鄉下的眷村到大都會的臺北，從愛情到知識，作者以詩意的筆調、鋪陳豐饒的意象，表現生命進程中的憂鬱與狂熱。以純藝術表現出發，而兼及反應社會脈動，不但樹立了獨特的個人風格，也爲散文藝術開拓了新境界。

三民叢刊37

黃昏過客

沙究　著

「爲樸素心靈尋找一些普通相的句子」沙究在獲得時報短篇小說推薦獎時曾對他的寫作有如是的感言，他的作品就是最好的實踐。本書將帶領您從浮生衆相中探索人類心靈的面貌。

三民叢刊38

帶詩蹺課去

徐望雲　著

我們都或多或少的讀過現代詩，但對現代詩的了解卻很少，於是許多譁眾取寵的文字便假借現代詩的名義出現，讓「詩人」成爲一種笑話。本書以輕鬆的筆調、嚴肅的心情，引導讀者更接近、更了解現代詩。

國立中央圖書館出版品預行編目資料

帶詩蹺課去:詩學初步/徐望雲著.--
初版.--臺北市:三民,民80
面; 公分.--(三民叢刊;38)
ISBN 957-14-1835-8 (平裝)

1.詩

812.1 80004612

—詩 學 初 步

著 者 徐望雲
發行人 劉振强
出版者 三民書局股份有限公司
印刷所 三民書局股份有限公司
地址/臺北市重慶南路一段六十一號
郵撥/〇〇〇九九九八——五號
初 版 中華民國八十年十二月
編 號 S 82059
基本定價 貳元捌角玖分
行政院新聞局登記證局版臺業字第〇二〇〇號

ISBN 957-14-1835-8 (平裝)